KB170902

조선남자
朝鮮男子
-천능의 주인-

조선남자 3권

초판1쇄 펴냄 | 2019년 12월 30일

지은이 | K.석우
발행인 | 성열관

펴낸곳 | 어울림 출판사
출판등록 / 2009년 1월 23일 제 2015-000062호
주소 / 경기도 고양시 일산동구 무궁화로 43-55, 801호 (장항동, 성우사카르타워)
TEL / 031-919-0122
FAX / 031-919-0127
E-mail / 5ullim@hanmail.net

ISBN 978-89-992-6242-5 (04810)
ISBN 978-89-992-6190-9 (SET)

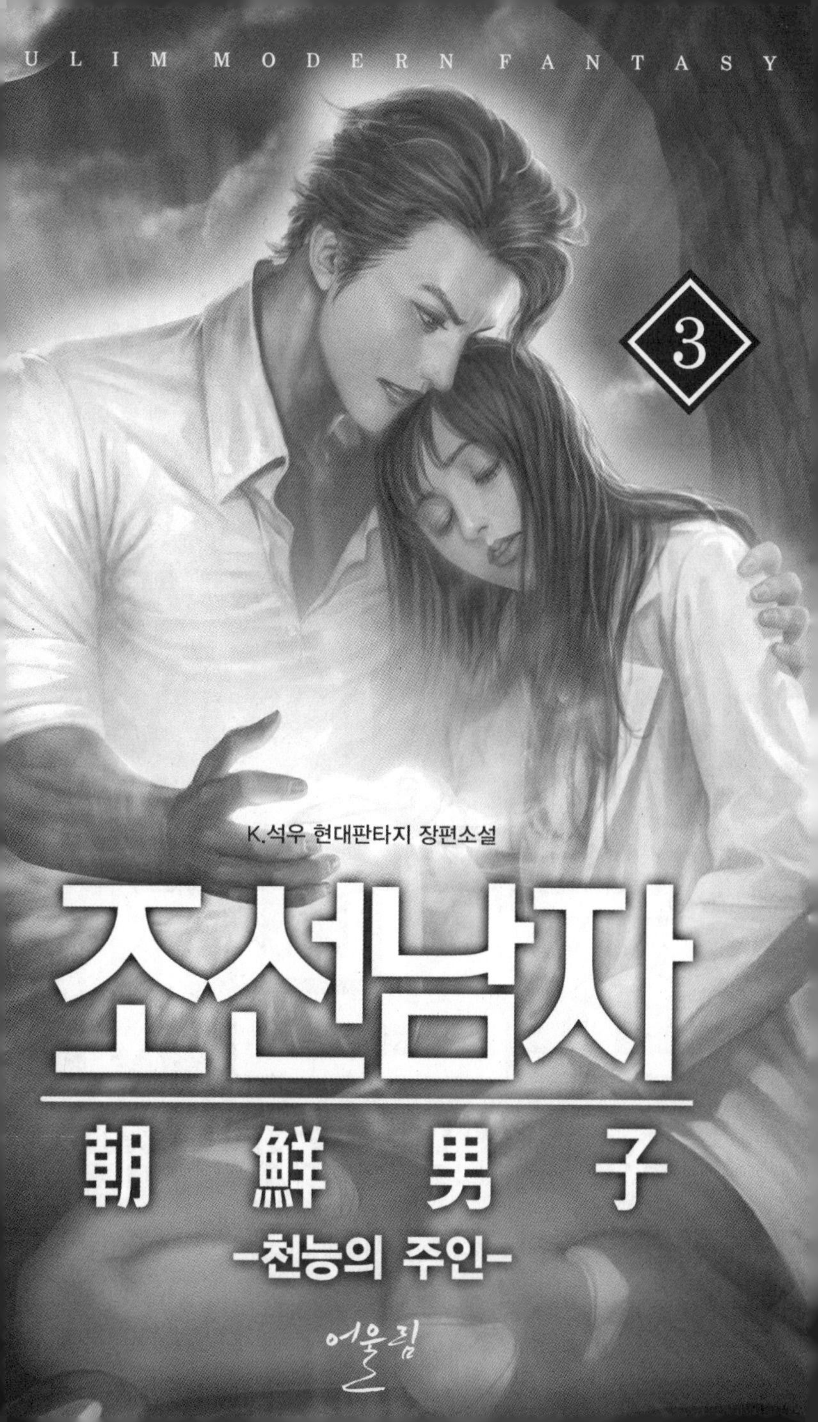
ULIM MODERN FANTASY
3
K.석우 현대판타지 장편소설
조선남자
朝鮮男子
-천능의 주인-
어울림

조선남자

朝鮮男子

-천능의 주인-

목차

필독

본문에 등장하는 의학용어는 가급적 현재 의학용어에 맞게
사용할 예정입니다.

다만 의료상황이나 응급상황을 묘사함은 현실의 의료상
황이나 응급상황과는 다른 작가의 작품구성 상 필요에 의해
창작되었음을 알려드립니다.

또한 본문에서 언급하는 지역과 인간관계, 범죄행위, 법과
현 시대의 묘사는 현실과 관계없는 허구임을 밝힙니다.

조선남자

朝鮮男子

-천능의 주인-

도시남자(都市男子)

"그러니까 그쪽이 살았던 시대가 연산군으로 불리는 왕이 집권하던 때였고, 해진이라는 법명의 사숙이 당신이 가진 천명의 능력을 빼앗기 위해서 그쪽을 해치려 하자, 그쪽의 사부님과 사숙이 천공불진이라는 것을 열었다는 말이에요? 그래서 그쪽이 그 천공불진이라는 곳으로 들어가서 도착한 곳이 이곳이었고요?"

김동하가 머리를 끄덕였다.

김동하와 한서영은 김동하의 다친 다리로 인해서 핏자국이 가득했던 거실을 말끔히 치우고 서로 마주 앉아 있었다.

한서영으로서는 김동하가 가지고 있다는 천명이라는 것이

과연 무엇인지 그 실체를 알고 싶었다.

그녀는 김동하가 하늘을 나는 불가사의한 능력이 있다는 것은 알고 있었지만, 살점이 떨어져 나간 김동하의 다리를 신비한 능력으로 치유하는 것을 보며 상당한 충격을 받았다.

김동하가 말한 하늘의 능력을 가졌다는 것을 믿지 않을 수 없었다.

그 때문에 그녀는 김동하의 모든 것을 알고 싶어 했다.

김동하는 한서영의 질문에 차근차근하게 대답해 주었다.

"그렇소. 낭자와 처음 대면했던 저곳이 바로 천공불진의 반대쪽이었소. 소생 역시 천공불진의 반대쪽이 저곳이었을 것이라곤 생각하지 못했지만."

김동하가 한서영의 안방에 위치한 욕실을 손으로 가리켰다.

한서영이 머리를 흔들었다.

"그 천공불진이 500년이라는 세월을 훌쩍 뛰어넘어서 그쪽을 이곳으로 보낸 거네요."

김동하가 약간 무거워진 얼굴로 입을 열었다.

"돌아갈 방법을 찾아보았지만 돌아갈 방법을 찾지 못하였소. 천공불진을 여는 방법은 사부님과 사숙께서만 알고 계셨으니 이 세상을 뒤져 천공불진의 흔적을 찾는다고 한들 어찌해야 할 방도를 모르니……."

김동하의 얼굴은 살짝 슬퍼보였다.

한서영이 김동하의 얼굴을 빤히 바라보며 다시 입을 열었다.

"아직도 믿어지지 않군요. 하지만 그쪽이 스스로 그 천명인지 뭔지 하는 능력으로 다친 그쪽의 다리를 치료하는 것을 보고 믿지 않을 수도 없겠네요. 어떻게 그런 일이 있을 수 있는지……."

한서영은 자신의 눈으로 김동하가 스스로의 다리를 치료하는 것을 직접 보았지만 아직도 믿어지지 않았다.

자신은 아픈 사람을 치료하는 의사였다.

병이나 통각의 원인이 되는 환부를 각종 검사나 검진으로 찾아서 확인하고, 그것을 제거하거나 치료하며 환자가 회복할 수 있게 돕는 사람이 바로 의사였다.

모든 병에는 원인이 있고, 그 원인을 치료함으로 인해서 환자를 회복할 수 있게 만들어 주는 사람이 바로 자신이다.

치료란 철저하게 의술에 의존해야 하고, 그 의술을 집행하는 직업을 선택했던 것이 바로 한서영이었다.

하지만 김동하는 그런 한서영의 상식을 벗어난 사람이었다.

김동하의 말대로 신이 가진 권능을 실제로 가지고 있는 사람이 있다는 것이 너무나 신기했다.

한서영이 멍한 시선으로 김동하를 바라보았다.

길게 자란 머리칼을 등으로 늘어트린 김동하의 맑은 눈이 자신을 바라보고 있었다.

한서영이 다시 물었다.

"그쪽이 가지고 있는 그 천명이라는 것을 예전에도 누군가 가지고 있었던 존재가 있었나요?"

김동하가 머리를 흔들었다.

"소생이 그것을 어찌 알겠소? 소생 역시 목숨이 경각에 달려 죽어가던 누이를 구하면서 알게 된 것인데……."

"그럼 그 전에는 단 한 번도 당신에게 그런 능력이 있었다는 것을 몰랐단 말인가요?"

김동하가 잠시 무언가를 생각하다 한서영을 바라보았다.

"소생이 어릴 적 소생의 모친께서 돈의문 밖 감천에 빨래를 하러 가실 때, 늘 소생과 소생의 누이를 데려 가셨소. 누이와 물장난을 하며 놀았던 기억이 있는데, 그 당시 소생처럼 빨래를 하러 감천으로 나온 모친을 따라온 근동의 개구쟁이들이 감천 물가에서 살던 개구리를 잡고 놀다 버리고 가면 대부분의 개구리들은 다시 살지 못하고 죽었소. 뭐 철없는 개구쟁이들이라 개구리의 다리를 찢거나 배를 가르기도 했었지요. 다만 사지가 찢어지지 않은 개구리들은 소생이 만지면 다시 살아나기도 했었소. 그게 천명의 시작이었는지는 모르겠소만."

어릴 적의 기억을 상기해 보는 김동하였다.

실제로 자신에게 언제부터 천명의 권능이 심어져 있었는지

김동하도 잘 알지 못했다.

다만 고마청에서 뛰쳐나온 미친 군마에게 채여 죽어가던 누이의 생명을 살려놓고 싶다고 생각하고 누이에게 입김을 불어넣은 것이 그 시초라고 생각하고 있었다.

한서영이 눈을 깜박였다.

그녀가 다시 입을 열었다.

"이곳에 도착해서 그 천명을 사용해서 구해준 사람이 아까 아파트 건너편에서 가스 사고로 죽었던 일가족 외에 또 있었나요?"

김동하가 한서영을 보며 입을 열었다.

"사람을 살려낸 적이 딱 한 번 있었소. 며칠 전 비가 오던 날 여기를 떠나 인왕산에서 내려와 허기를 달랠 겸 들렀던 곳에서 우연하게 소생과 마주쳤던 젊은 여인이 있었소. 복중에 태아를 가진 임산부였는데, 성정이 사악하고 폭급한 왈패와 같은 파락호로 보이는 사내들의 손에 의해 중극과 수도에 큰 타격을 받아 태아와 함께 명이 경각에 달렸던 여인이었소."

"아……"

"그대로 둔다면 필시 살아남지 못할 만큼 여인의 상태는 위중했소. 뭐 그대로 의원에게 간다고 한들 아마 여인은 가까스로 살 수 있을지 모르나, 태아는 복중에서 태어나지도 못하고 죽었을 수밖에 없었을 것이오. 한시가 다급한 상황에서 의원을 찾지도 못하고 있었지요. 그때 소생이 그 여인을 그렇게 만든 자들에게서 천명을 회수하여 그 여인과 복중의 아이에게 돌려주었소."

"…그랬군요."

"그 덕분에 여인과 태아는 무사할 수 있었소. 그 외는 이 아이와 몇 마리의 고양이들이 나를 만나 다시 살게 된 것, 그리고 낭자에게 말했던 나에게 이곳에서 사용하는 돈을 얻게 된 어린소녀의 강아지 두 마리가 전부요."

김동하는 자신의 옆에서 자신을 올려다보고 있는 포메라니안의 털을 가만히 쓸었다.

포메라니안은 목욕을 하고 난 뒤에 전혀 다른 모습으로 변했다.

붉은색 혀를 살짝 내밀고, 까만 눈동자를 반짝이며 김동하를 올려다보고 있었다.

그 모습이 참으로 귀여웠다.

한서영의 눈이 깜박였다.

좀 전의 이야기는 병원에서 최태영과 유상태를 통해 들었던 말이었다.

하지만 김동하의 말에 이해가 되지 않는 것이 있었다.

"천명을 회수한다고요? 그건 또 뭐예요?"

김동하가 설명했다.

"내 몸에서 천명의 권능이 들어 있다는 것은, 천명의 권능을 제어할 능력이 있다는 것을 의미합니다. 즉, 천명을 부여

할 수도 있지만, 사람이 가진 천명을 하늘을 대신하여 다시 돌려받을 수도 있다는 의미이지요."

"돌려받는다고 했어요?"

끄덕.

김동하가 머리를 끄덕였다.

"천명은 사람이 이 세상에 태어날 때 하늘이 그 사람에게 안배하여 부여한 수명입니다. 다른 말로는 천수(天壽—하늘이 부여한 수명)라는 이름으로 부르기도 하지요. 그것을 회수하고 다시 부여할 수 있다는 뜻입니다."

"세상에……."

한서영이 눈을 치켜떴다.

말 그대로 인간의 삶과 죽음을 마음대로 조절할 수 있다는 뜻이었다.

한서영이 물었다.

"그럼 그렇게 회수한 천명을 다른 사람에게 계속 부여하면 다른 사람이 가지고 있었던 천명을 부여받은 사람은 천명의 한계가 계속 늘어나서 죽지도 않고 영원히 살 수도 있단 말이에요?"

김동하가 살짝 웃었다.

"하하, 그것은 아닙니다. 실은 소생도 천명의 한계가 어디까지인지 모릅니다. 다만 원래 하늘로부터 부여받은 천명이 끊어진 것을 누군가로부터 회수 받은 천명으로 대신해 끊어

진 것을 이어가는 것이고, 그 이외의 남은 천명은 본인의 것
으로 살게 될 것입니다. 아까 사고로 죽었던 4명의 가족들에
게 내가 불어넣어준 천명은 그들이 본래 가지고 있던 천명을
다시 돌려준 것뿐입니다."

한서영의 눈이 껌벅이고 있었다.

그녀가 다시 물었다.

"그럼 그 임산부에게 회수하여 다시 부여한 천명은 얼마 정
도인가요?"

김동하가 대답했다.

"그 여인을 그렇게 만든 파락호들은 모두 4명이었습니다.
제일 사악하게 느껴진 한사람에게 20년의 천명을 회수하였
고, 다른 세 사람에게 10년씩 회수하였으니, 그 여인과 태아
에게 주어진 천명은 모두 50년 정도가 될 것 같군요."

"그럼 그 여인의 남은 천명은 그날 이후 50년 동안은 무고
하다는 말인가요?"

김동하가 대답했다.

"태아와 여인에게 나누어 주었으니 각각 25년쯤 되겠지
요."

"25년 뒤엔 죽나요?"

김동하가 하얀 이를 드러내며 웃었다.

"나머지는 그 여인과 태아가 본래 태어나 주어진 천명으로
살겠지요. 소생이 여인의 천명을 헤아려 보니 여인이 가진

천명은 88년이었고, 태아의 천명은 71년이었습니다. 여인은 88년의 천명 중 25년을 4명의 파락호들에게 회수하여 부여한 천명으로 살 것이고, 태아도 71년의 천명 중 25년을 받은 천명으로 살게 된다는 뜻입니다."

"세상에……."

한서영은 김동하의 말을 계속 듣고 있지만 김동하의 말이 이어질 때마다 절로 감탄을 터트렸다.

한서영이 잠시 김동하를 바라보았다.

잠시 무언가를 생각하던 한서영이 김동하의 얼굴을 빤히 바라보며 입을 열었다.

"만약 사람이 모든 천수를 다 누리고 평온하게 눈을 감았다면, 다른 누군가의 천명을 회수하여 그 사람에게 다시 천명을 나누어 줄 수 있는 것인가요?"

천수를 다 누리고 죽은 사람에게 다시 천명을 부여하면 더 오래 살 수 있을지를 묻는 것이었다.

김동하가 머리를 흔들었다.

"소생이 천공불진을 통해 이곳으로 오기 전 인왕산에서 수련할 때 같이 살던 두 마리의 강아지가 있었지요. 노들과 도진이라는 풍산개였습니다. 그놈들이 장난기와 호기심이 많아 산에서 가까이 하지 않아야 할 맹독을 가진 칠점사 같은 것들을 자주 건드려 소생의 애를 먹였지요. 그놈들에게 소생이 천명을 불어넣어 살려준 적이 한두 번이 아니었습니다."

"……."

"허나 다시 살려낼 때마다 노들과 도진의 생명은 더 늘어나지도, 줄지도 않았습니다. 그러니 아무리 천명이라고 한들 하늘이 한계로 정해놓은 천명은 넘지 못할 것입니다. 다만 천명이 다하였다면 소생이 부여한 천명으로 몇 년 정도는 더 머물다 갈수는 있겠지요."

"그렇군요……."

"인왕산에서 천명을 다한 두 강아지에게 다시 천명을 부여하니 그들의 수명이 2년 정도 더 늘어났을 뿐이었습니다. 그후 천명을 다시 부여한다고 해도 오래 머물진 못합니다. 그리고 천명을 누군가 한사람에게만 집중하여 부여하는 것도 곤란한 일이고요."

김동하의 말에 한서영의 얼굴이 굳어졌다.

천명을 부여한다고 영원히 불멸로 사는 것은 아니었다.

하긴. 만약 그렇게 된다면 천명의 권능을 가진 김동하는 자신의 혈육에게 영원히 죽지 않을 불멸의 생명을 심어주었을 수도 있었을 것이다.

한서영이 물었다.

"그 천명은 그쪽이 마음만 먹는다면 무한대로 사용할 수 있는 것인가요?"

김동하가 머리를 흔들었다.

"그렇지는 않습니다. 소생의 능력으로는 한 번에 일곱 번

정도가 한계입니다. 그 이후는 소생의 무량기가 회복될 때까지 기다려야 할 것입니다. 물론 지금까지 그 정도로 천명을 펼친 적은 없습니다."

한서영이 눈을 깜박였다.

"무량기는 또 뭐죠?"

김동하가 대답했다.

"무량기는 천명을 펼칠 수 있는 힘의 근원입니다. 오늘 새벽에 낭자를 만나서 저에게 하늘을 날 수 있는지 물었을 때, 소생이 낭자를 안고 허공을 날아올랐던 힘입니다. 예전에 저의 누이에게 천명을 펼쳤을 때는 누이에게 천명을 한 번 펼친 후, 소생이 일주야동안 꼼짝도 할 수 없었지요. 그 당시에는 무량기를 익히지 못했으니 소생의 몸에 있는 선천의 진력으로만 천명을 펼친 것이라 그럴 수밖에 없었지요."

한서영이 눈을 치켜떴다.

"천명에도 힘이 소모된단 말인가요?"

김동하가 웃었다.

"천명은 거저 베풀 수 있는 것이 아닙니다."

"그럼 일곱 번의 천명을 한 번에 모두 펼치면 어찌되나요?"

김동하가 대답했다.

"무량기를 모두 소진하면 어린아이처럼 무력해지겠지요. 그리고 깊은 잠에 빠지게 될 겁니다. 소생의 몸에 무량기가 다시 차오를 때까지 그런 상태가 지속될 것이고요."

김동하의 얼굴에 씁쓸한 표정이 떠올랐다.

그런 결점 때문에 사숙인 해진이 자신에게서 천명을 탈취할 수 있다고 생각한 것이었다.

다만 이상한 것은 천공불진을 통과하면서 자신의 무량기가 더 강해졌다는 생각이 들었다.

하지만 그 한계를 시험해 볼 생각은 하지 않았다.

천명의 권능이 사라질 위험성이 있었기 때문이었다.

예전에 누이에게 천명을 시전하고 한동안 천명의 권능이 사라졌었던 것을 기억하고 있는 김동하였다.

물론 그 덕분에 해진사숙이 천명을 탈취하는 것을 피할 수 있었다.

김동하는 자신의 몸에 천명의 권능이 머물고 있는 곳을 알고 있었지만, 그 누구에게도 설명을 할 수가 없었다.

천명의 권능은 김동하의 가슴에 마치 무량기의 기운처럼 또아리를 틀고 있었다.

천명을 사용하면 비워지고, 사용하지 않으면 늘 채워져 있었다.

해진사숙이라면 그런 김동하의 가슴 속에서 천명의 기운을 뽑아낼 수도 있을 것이 분명했다.

한서영이 물었다.

"천명을 돌려줄 때 그 대상에 차별을 두나요?"

김동하가 잠시 한서영을 바라보다 대답했다.

"물론입니다. 사악한 인간들에겐 천명을 돌려주진 않습니다. 그들에게 강제로 천명을 부여한다고 해도 곧 돌아 나오니 필요가 없는 일이지요. 오히려 그런 자들에게서 천명을 회수하는 것이 더 쉽지요."

김동하의 말에 한서영이 물끄러미 김동하를 바라보았다.

한서영이 입을 열었다.

"언젠가 제 눈으로 그 천명이라는 것이 어떤 것인지 확인할 수 있다면 좋겠어요."

김동하가 머리를 끄덕였다.

"낭자에겐 보여드릴 수도 있을 것입니다."

김동하는 한서영에게 천명을 불어내는 것을 보여줄 수 있을 것이라 생각했다.

마땅한 이유가 있는 것은 아니었다.

그냥 천공불진을 열고 처음으로 만난 여인이고, 그것이 자신과 한서영이 묘한 인연으로 이어지고 있다는 느낌이 들었다.

어쩌면 지금 이러한 것도 하늘이 김동하에게 또 다르게 내려준 천명의 안배일지도 모른다는 느낌이 들었다.

한서영이 일어섰다.

"이제 그쪽의 말은 더 이상 의심하지 않을게요."

김동하가 웃었다.

"하하! 낭자께서는 소생이 부담스러운 것입니까?"

한서영이 이마를 찌푸렸다.

"무슨 뜻이에요?"

"소생에게 천명을 물으시면서 단 한 번도 소생의 이름을 말하지 않았습니다. 다만 소생을 그쪽이라고 칭하고 있었지요. 단 한 번, 소생이 이곳에서 낭자를 다시 만났을 때 화목이야기를 할 때 소생의 이름을 언급해 주었을 뿐이었습니다."

한서영이 잠시 눈을 깜박이다가 김동하를 바라보았다.

"이름을 불러주길 바라나요?"

김동하가 대답했다.

"소생에겐 부모님이 지어주신 김동하라는 이름이 있습니다. 계속 낭자께서 소생을 그리 언급하신다면 소생을 경원한다 생각할 수밖에요."

"알겠어요. 근데……."

한서영이 김동하의 아래위를 훑었다.

"정확하게 나이가 몇 살이에요?"

김동하가 대답했다.

"소생이 천공불진에 들 당시의 나이가 18세 약관이었습니다."

순간 한서영의 눈이 커졌다.

"18살?"

"그렇소."

긴 머리칼과 180cm가 넘는 큰 체격에 터질 듯한 근육으로 단련된 김동하의 몸이었다.

그 때문에 한서영도 김동하가 최하 자신과 비슷한 연배라고 은연중 생각하고 있었다.

더구나 자신보다 514년이라는 세월을 앞서서 살았던 사람이었기에 김동하에 대한 호칭을 어떻게 정해야 할지 갈피를 잡지 못했다.

하지만 한서영은 오늘 새벽 김동하가 세영대학 병원에서 자신을 다시 만나 자신의 내력을 설명하면서 자신에게 나이를 말해 주었다는 것을 기억하지 못했다.

당시에 김동하가 천공불진이라는 말과 514년 전에 살았던 사람이라고 하는 말을 들으며 김동하를 미친 사람으로 생각했기 때문이었다.

한서영이 눈을 깜박이며 김동하를 바라보았다.

"그 치렁치렁한 머리칼을 뒤로 걷어 올려 봐요."

한서영의 표정이 약간 날카로워졌다.

김동하가 물었다.

"어찌 그러시오? 소생의 머리는 왜……?"

한서영이 웃었다.

"그 새벽에 나한테 또 다른 천명의 능력이 생겼다고 그랬죠? 아까 가스 사고가 날 때도 느꼈다고 하는 그 이상한 능력 말이에요."

"또 다른 천명의 능력이라고 하셨소?"

"뭐 사람이 죽는 것을 미리 안다면서요?"

"그, 그건……."

"지금 그 누군가 죽는 느낌이 안 와요?"

"예?"

한서영이 김동하의 코앞에 얼굴을 들이밀었다.

"지금 이 누나가 널 죽일 생각이거든? 천명을 정작 너한테 써 본적은 없지? 오늘 쓰게 만들어줄게."

"나, 낭자?"

김동하는 한서영의 갑작스런 태도변화에 놀란 듯 눈을 치켜떴다.

한서영이 차갑게 웃었다.

"이 누나가 너처럼 새파란 애송이한테 낭자라는 소리를 들으니 아주 좋아 죽을 것 같다고 생각하겠지? 응?"

갑자기 달라진 한서영이다.

한서영이 코앞으로 얼굴을 들이밀자 김동하의 얼굴이 벌겋게 달아올랐다.

한서영의 얼굴에서 풍겨 나오는 화장품 냄새와 코끝을 간질이는 한서영의 숨길이 너무나 섬세하게 콧속으로 느껴졌다.

"나, 낭자?"

한서영이 웃었다.

"낭자? 너 오늘 이 누나한테 피가 낭자하게 한 번 맞아볼래?"

김동하의 눈이 껌벅였다.

한서영이 웃으면서 입을 열었다.

"네가 514년 전에 살았던 조선시대 남자라고 하지만 내 눈에 흙이 들어가기 전에 널 김동하 씨라는 이름으로 불러줄 생각이 없어. 할아버지라고 부를 생각도 없고, 동하 도련님 같은 손발이 오글거리고 낯간지러운 호칭으로도 불러줄 생각이 없어. 그냥 동하, 아니, 존만이라고 하자. 그게 쉽겠어. 어떠니?"

"낭자!"

김동하의 눈이 부릅떠졌다.

한서영이 이마를 찌푸렸다.

"이게 자꾸 낭자라고 그래? 누나라고 부르란 말이얏!"

김동하가 치켜뜬 눈을 껌벅였다.

"…누나라고 부르라고 하셨소?"

"그래, 존만이. 넌 이 누나가 몇 살이나 된 것처럼 보이니?"

김동하가 더듬거렸다.

"그거야 낭자께서 결혼을 하지 않았으니 소생과 비슷한 또래라고 생각하오만… 많이 봐줘야 이제 갓 방년의 나이를 좀 지난 것이라고 할 수 있을 것 같소이다. 근데 왜 나보고 누나라고 부르라고 하시오?"

김동하는 한서영이 아름다운 여인이지만 혼인을 하지 않고 이렇게 혼자살고 있기에 자신과 비슷한 연배라고 생각했다.

더구나 피부에 잡티 하나 보이지 않고, 도톰한 입술과 오똑한 콧날이 과거의 규방처자에 비유한다면 막 혼기에 이른 방년의 처자라고 할 수도 있을 것이었다.

한서영이 눈을 깜박였다.

"방년?"

여자나이를 기준으로 방년이라는 칭호를 사용한다면, 막 20살 전후의 나이를 말한다.

더구나 김동하가 자신과 비슷한 연배라고 보았으니 김동하의 눈에 한서영은 이제 갓 18살의 어린 소녀쯤으로 보였다고 해야 할 것이었다.

한서영이 이를 드러내고 환하게 웃었다.

"호호! 그럼 지금 내 나이가 18살 정도 된 것으로 보인단 말이지?"

김동하가 눈을 껌벅였다.

"그게… 어찌 보면 좀 늙은 듯도 하오만… 소생이 소생의 누이 외에 이리 규방처자의 얼굴을 가까이 본 적은 처음이라서…….."

순간 한서영의 눈이 쭉 찢어졌다.

"늙어?"

"지금은 한 40대의 표독한 아낙네쯤으로도 보이오."

"존만이 너 죽었어. 이리와."

한서영이 와락 김동하의 멱살을 틀어쥐었다.

김동하의 얼굴이 굳어졌다.

콱—

한서영이 김동하를 자신의 코앞으로 끌어당겼다.

김동하에게 한서영의 손을 피하는 것은 그야말로 물 한 모금 마시는 것보다 쉬웠지만, 한서영의 손을 피하지 않았다.

아니, 피할 수가 없었다.

김동하의 코로 다시 한서영의 향긋한 화장품 냄새가 흘러들어오고 있었고, 아카시아 향 같은 한서영의 체향도 느껴지고 있었기 때문이었다.

한서영이 김동하를 끌어당긴 후 도톰한 입술로 말했다.

"존만아. 이 누나의 나이가 얼만지 가르쳐줄게. 18살에 고등학교 졸업하고, 의대 예과 2년에 본과 4년 충실히 마쳐서 고시 합격하고 현재 인턴 1년차다. 누나가 남자라면 군대 3년 마치고 돌아와 인턴생활 시작한다고 해도 나이 30이 넘었을 거야. 자! 이 누나 나이가 몇 살이라고?"

김동하가 멍한 표정을 지었다.

"…30살이오?"

한서영이 이를 드러내고 웃었다.

"내 나이 30살이 될 때까지 맞아볼래? 못 알아들으니 말해줄게. 올해 이 누나의 나이가 정확하게 26살이다. 존만이 너

하고 몇 살 차이가 나지?"

한서영의 말에 김동하의 눈이 껌벅였다.

"26살이라고 하셨소?"

"그래."

"근데 왜 가례를 치루지 않은 것이오? 이미 혼기가 지나 만혼의 나이가 된 것이 아니오? 혹시 낭자께서 혼기에 이른 남정네에게 인기가 없는 것이오? 자고로 혼기를 앞둔 규방처자는 그 자태를 드러내지 않아도 가례 수업으로 세상에 알려진다고 하였소. 하여 아름다운 처자일 경우 알리지 않아도 매파가 방문이 닳도록 문턱을 넘는다고 하였는데… 쯧! 낭자가 소생에게 하는 행동으로 보아하니 환갑 전에는 결혼도 하지 못하고 늙겠구려. 성격이 그렇게 거칠어서 어찌 하려고…… ."

김동하의 말에 한서영의 얼굴이 시뻘겋게 변했다.

"야!"

자신에게 지지 않고 말대꾸를 하는 김동하의 말에 약이 잔뜩 오른 한서영이었다.

김동하가 빤히 한서영을 바라보았다.

김동하의 입이 열렸다.

"소생에게 누님이라고 불리고 싶은 것이오?"

한서영이 김동하를 바라보다가 한숨을 불어냈다.

"너 부르고 싶은 대로 불러라. 낭자라고 하든 할머니라고

30

하든 상관하지 않을 것이니."

김동하가 빙긋 웃었다.

"누님이라 불러달라시면 그리하리다. 어려운 것도 아니니 말이오. 근데 소생이 낭자, 아니, 누님에게 꼭 드리고 싶은 말이 있는데 들어보시겠소?"

"말해, 뭔지."

한서영은 평온한 자신의 인생에 김동하가 끼어 든 것이 자신의 천명에 안배된 신의 운명처럼 느껴졌다.

피한다고 피할 수 있는 것이 아니라고 생각한 것이었다.

김동하가 입을 열었다.

"누님의 나이가 아무리 많아도 나에겐 그저 소생이 태어나 소생의 가족 외에 처음으로 만난 여인일 뿐이오. 하늘이 소생에게 천명의 대가로 안배하여 준 인연이라고 생각하기로 하였다는 말입니다. 천공불진을 열고 나와서 처음으로 대면한 사람이 누님이니 어찌 하늘이 안배하지 않았다고 하겠습니까?"

"……."

김동하의 입에서 누님이라는 말이 흘러나오자 한서영의 미간이 살짝 좁혀졌다.

김동하의 입에서 흘러나온 누님이라는 호칭이 이상하게 거북하다는 느낌이 들었기 때문이었다.

한서영이 머리를 흔들었다.

자신 역시 김동하처럼 자신과 김동하의 인연이 참으로 묘하게 이어진다는 생각이었다.

김동하의 말대로 하늘이 자신에게 내려준 천명에 김동하와의 인연이 포함되어 있을 것이라는 느낌까지 들었다.

한서영이 입을 열었다.

"일단 나의 호칭 문제는 나중에 천천히 해결하도록 하자. 그리고 내가 나이가 더 많으니 말을 놓아도 되겠지?"

김동하가 빙긋 웃었다.

"물론입니다."

"그리고 너가 존만이인 것은 변하지 않을 거야."

"마음대로 하시구려."

한서영이 김동하를 바라보다가 물었다.

"근데 정말 네가 태어난 이후 가족 외에 처음 만난 유일한 여인이 나인 것은 확실한 거야?"

"그렇습니다. 소생은 거짓말을 하지 못합니다."

"흠, 그래."

한서영이 몸을 돌렸다.

이유를 알 수는 없었지만 김동하의 그 대답이 참으로 기분이 좋다는 느낌이 들었다.

몸을 돌려 주방 쪽으로 향하던 한서영이 몸을 돌렸다.

"참! 옷 갈아입어야 할 것 같아. 저 방에 들어가서 다른 옷으로 갈아입어."

한서영이 욕실 옆의 김동하 방으로 결정한 손님방을 가리켰다.

김동하가 자신의 몸을 내려다보았다.

자신의 발에서 흘러나왔던 핏물의 흔적과 가스 폭발 사고로 인해서 아수라장이 되었던 곳을 다녀오는 바람에 비록 아침에 새로 산 옷이었지만 얼룩이 잔뜩 묻어 있었다.

김동하가 얼굴을 살짝 찌푸리며 입을 열었다.

"소생의 빨래는 소생이 하도록 하겠습니다. 이제 물이 나오는 곳도 알았으니 문제가 될 것은 없습니다."

한서영이 웃었다.

"빨래는 세탁기가 할 것이니 그냥 갈아입고 내놔. 대신 속옷은 네가 빨아야 할 거야."

김동하가 미간을 좁혔다.

"속옷이라고 하셨습니까?"

"그래."

"소생은 속옷이 없는데……."

"내가 사왔잖아."

"그게……."

김동하가 머리를 갸웃했다.

한서영이 그때까지 욕실에 놓여 있던, 김동하를 위해서 사온 쇼핑백을 가지고 나왔다.

그중 속옷이 들어 있는 쇼핑백을 김동하에게 건넸다.

"이게 속옷이야. 겉옷을 입기 전에 꼭 입어."

순간 김동하의 눈이 커졌다.

그야말로 민망하도록 작은 팬츠였다.

"이게 속옷이라고 하셨습니까?"

"그래."

한서영은 자신의 눈앞에서 김동하가 남성용 속옷을 꺼내어 펼치자 살짝 얼굴이 붉어졌다.

아빠의 속옷 외에는 그 어떤 남자의 속옷도 본적이 없었던 한서영이었다.

김동하가 눈을 껌벅거리다가 생각났다는 듯이 자신의 호주머니에서 붉은 천을 끄집어냈다.

"그럼 이건……."

"꺅! 이리 내."

타악—!

한서영이 번개같이 김동하의 손에서 붉은색의 천을 낚아챘다.

김동하가 앞쪽의 가스 폭발로 불길에 휩싸인 아파트로 뛰어들면서 얼굴을 가렸던 자신의 속옷이었다.

붉은색의 한서영의 속옷을 본 포메라니안의 눈이 반짝였다.

잊고 있었던 속옷이 다시 나타나자 포메라니안이 한서영의 다리에 매달리며 짖었다.

"멍!"

한서영이 재빨리 속옷을 자신의 바지 주머니에 넣었다.

김동하가 눈을 껌벅였다.

"…그럼 그건 누님의 속옷이었습니까?"

"몰라! 이씨… 저 인간하고 대화를 하면 꼭 이상한 쪽으로 흘러."

몸을 돌린 한서영이 재빨리 주방 쪽으로 걸어갔다.

한서영이 자신의 손에 들린 속옷을 바라보았다.

참으로 수난이 많은 자신의 속옷이었다.

꼭 버릴 거라고 다짐을 한 한서영은 입술이 꼬옥 깨물었다.

* * *

"똑바로 앉아 봐."

한서영의 말에 자세를 고쳐 앉은 김동하의 표정은 느긋했다.

한동안 잊고 있었던 제대로 된 식사를 하고 난 뒤의 김동하는 한서영의 아파트 거실 한가운데 의자를 놓고 앉아 있었다.

한서영이 만들어준 점심식사를 맛있게 먹은 김동하는 한서영이 겉모습과는 달리 음식도 잘 만든다는 생각을 했다.

더구나 그녀가 직접 담갔다고 귀띔해 주었던 김치는 그 맛이 너무 좋아 밥을 두 그릇이나 비울 정도로 김동하의 식욕을 돋우었다.

또한 김동하와 함께 집으로 들어온 포메라니안을 위해서는 강아지용 사료까지 직접 사올 정도로 한서영의 배려는 생각이 깊었다.

식사를 하고 난 뒤에 한서영은 식탁의 의자를 거실의 한가운데 놓고 김동하를 불러 앉혔다.

김동하는 말 잘 듣는 아이처럼 한서영의 말에 고분고분하게 따랐다.

한서영은 의자에 앉은 김동하를 보며 입을 열었다.

"머리를 자를 거야."

순간 느긋한 표정을 짓고 있던 김동하가 눈을 치켜떴다.

"머리를 자른다고 하셨습니까?"

한서영이 머리를 끄덕였다.

그녀의 옆에는 빗과 가위가 놓여 있었다.

긴 머리의 한서영이 직접 자신의 머리칼을 손질할 때 사용하던 가위와 빗이었다.

김동하가 이마를 찌푸렸다.

"그냥 뒤로 땋아 내리던지 상투를 틀면 될 것을 그냥 두실 순 없으십니까?"

머리카락 한 올까지 부모가 주신 것은 본인의 마음대로 할 수 없다고 배웠던 김동하였다.

한서영이 김동하를 보며 입을 열었다.

"지금까지 여기서 니가 만난 사람들 중에 너처럼 머리칼이 긴 사람을 본적이 있어? 아니면 상투를 튼 사람은?"

"그거야……."

자신은 514년 전에 이 땅에 살고 있었던 사람이다.

그때는 머리를 자르는 것을 수치로 여기며 살았던 시절이었다.

하지만 지금 이곳은 여자가 아니라면 머리 긴 사람은 찾아보기가 힘들었다.

한서영이 입을 열었다.

"남자가 머리가 길면 지저분하게 보여. 어차피 이제 그곳으로 돌아가지 못한다는 것은 너도 알고 있지?"

"물론 알고 있습니다만… 그렇다고 머리칼을 자르는 것은……."

한 번도 머리칼을 짧게 자른 적이 없었던 김동하로서는 자신의 머리칼을 자른다는 것에 부담이 생겼다.

한서영이 입을 열었다.

"이런 모습으로 이곳에서 살아가게 된다면 다른 사람들의 시선을 끌게 될 거야. 그리고 여자도 아닌 남자가 이렇게 머리를 기를 경우 대부분은 지저분하게 보겠지. 좋아! 신체발부수지부모(身體髮膚受之父母)라는 말은 나도 알아. 사람의 신체는 머리카락 한 올까지 모두 부모님이 주신 것이기에,

부모님의 허락 없이 함부로 할 수 없다는 거. 하지만 지금 이곳에 너의 부모님은 없어. 어쩔 거야? 이대로 이런 모습으로 이곳에서 살아갈 수 있겠어? 어딜 가든 사람의 시선을 끌게 될 것이고 주목을 받게 될 텐데… 그리고 행여 천명을 펼치는 모습이 사람들에게 보여 질 경우, 어딜 가도 너라는 것을 알아차릴 거야."

한서영은 김동하의 긴 머리칼이 그의 모습을 추레하게 만든다고 생각했다.

남자라면 당연하게 짧고 단정하게 자르는 것이 현대의 상식이었고, 그것이 위생에도 좋다는 것도 알고 있었다.

김동하가 망설였다.

과거에는 자신의 머리칼로 고민한 적이 단 한 번도 없었다.

머리가 긴 사람보다 짧은 사람이 더 사람들의 시선을 받기 때문이었다.

불법에 심취하여 스스로 머리를 깎고 중이 되지 않는 한, 자신의 머리칼을 자르는 사람은 없었다.

하다못해 천한 직업이라고 손가락질 받던 소백정조차도 머리칼은 자르지 않았을 정도였다.

하지만 500년이라는 세월이 흐른 지금은 달랐다.

모든 남자들은 짧게 머리를 자른 모습이었고, 간혹 긴 사람도 목을 살짝 덮을 정도의 길이였다.

김동하처럼 허리까지 늘어진 머리칼은 좀처럼 볼 수가 없

었다.

김동하가 망설이는 모습을 보이자 한서영이 잠시 생각하다가 소파 쪽으로 걸어갔다.

한서영이 집어든 것은 리모컨이었다.

집에서 머물 때 가끔 뉴스를 보는 것 외에는 텔레비전을 보지 않았다.

그 때문에 한서영의 집에서 텔레비전이 켜지는 것은 무척 드문 일이었다.

늘 잠에 쫓기는 인턴 신분으로서 고단한 삶을 이어가고 있는 한서영이었다.

틱—

한서영이 리모컨을 누르자 거실의 한쪽 벽면을 차지하고 있던 대형 텔레비전의 화면이 켜졌다.

순간 의자에 앉아 있던 김동하의 얼굴이 딱딱하게 굳었다.

거실의 한쪽에 놓여 있던 시커먼 물체가 뭔지 물어보고 싶었지만 별로 궁금하지도 않아서 물어보지 않았던 것이다.

이내 텔레비전의 화면이 밝아지면서 텔레비전에서 남자들의 모습이 보이기 시작했다.

텔레비전의 화면은 늘 뉴스 채널에 고정되어 있었기에 지금 김동하가 보는 장면도 뉴스의 한 장면이었다.

단아한 모습의 젊은 처자가 나와서 서울의 날씨를 설명하고 있었고, 자료로 비치는 화면은 서울의 거리를 촬영한 장면이었다.

[오늘 서울의 한낮의 온도가 올 여름 최고 온도를 기록했습니다. 내일은 소나기가 예정되어 있어서 더위를 잠시 식혀주겠지만, 주 중반에는 또다시 폭염이 시작될 것으로 보입니다.]

마치 자신의 앞에서 자신에게 말을 거는 것 같은 젊은 여자의 목소리는 단정하고 맑은 느낌이었다.

김동하가 눈을 껌벅이는 것도 잊은 채 화면을 주시했다.

이내 화면이 바뀌면서 거리의 영상이 비춰졌다.

거리를 다니는 모든 남자의 머리칼은 나이가 많든 적든 모두 머리가 짧은 모습이었다.

김동하가 텔레비전의 화면을 보며 놀란 얼굴로 물었다.

"저, 저게 무엇입니까?"

한서영이 웃으면서 대답했다.

"동하가 살던 시절에는 세상에 떠도는 소문이나 이야기들이 주막이나 거리에서 사람들의 입으로 전해졌을 테지만 지금은 달라. 저 텔레비전이라는 것으로 한순간에 세상 모든 사람들에게 알려진단 말이지. 지금 저 모습들은 서울의 거리를 찍은 영상이야. 봐! 너처럼 머리 긴 남자가 있니?"

한서영의 입에서 동하라는 이름이 자연스럽게 흘러나

왔다.

　한서영이 만든 음식을 맛있게 먹는 김동하의 모습을 보며 저절로 동하의 이름을 자연스럽게 입에 담게 된 한서영이었다.

　"신기하군요… 저 속에 사람들이 들어 있다니."

　"물속에 비친 달의 그림자와 같은 것이라고 생각하면 될 거야."

　"물속에 비친 달 그림자……?"

　"물속의 달 그림자는 볼 수는 있지만 만질 수는 없지. 하지만 달은 실제로 존재하잖아. 저것도 마찬가지야. 실제론 있는 것이지만 직접 만질 수는 없어."

　"……."

　"텔레비전이라고 부르는 것인데 요즘 세상에서는 없어서는 안 될 필수품이라고 할 수 있어."

　"놀랍군요. 이처럼 선명하게 보이다니……."

　김동하는 난생처음 보는 신기한 영상에 자신의 머리칼을 자른다는 것도 잠시 잊고 화면을 바라봤다.

　잠시 눈을 깜박이던 한서영이 텔레비전의 채널을 돌리려고 리모컨을 누르려다 멈칫했다.

　일기예보 화면의 아래쪽에 자막이 흐르고 있었다.

　[오늘 오전 서울 서초구 반포동 다인 캐슬 아파트에서 가스

폭발로 인한 화재발생.]

　[일가족 모두 무사히 구조. 인명피해는 없어…….]

　[화재사고 현장에서 아파트 주민의 괴 생명체 목격담 제보
줄이어.]

　[경찰 사고현장의 아파트 CCTV영상 확보 현재 분석 중.]

　자막을 보는 순간 한서영의 몸이 굳어졌다.

　"저건……."

　김동하 역시 화면의 아래쪽에 떠올라 있는 언문의 내용을
읽고 있었다.

　한서영이 굳은 얼굴로 입을 열었다.

　"건너편 아파트 가스폭발에 대한 뉴스야. 동하, 네 이야기
도 나오고 있어."

　김동하가 한서영을 올려다보았다.

　"저의 종적이 드러나게 될까요?"

　한서영이 잠시 생각하다가 입을 열었다.

　"사고 당시 누군가 재빠르게 그 현장을 찍고 있었다면 그
아파트로 네가 날아 들어가는 모습이 찍혔을 수도 있을 거
야. 하지만 뉴스에서는 CCTV 영상이라고 했으니, 어쩌면
네 모습이 정확하게 찍히지 않았을 수도 있겠지."

　잠시 생각하던 김동하가 입을 열었다.

　"얼굴을 가렸는데도 저라는 것을 알아낼 수도 있단 말입

니까?"

　김동하는 현대의 카메라가 어떤 능력을 가지고 있는지 전혀 상상을 하지 못했다.

　한서영이 머리를 흔들었다.

　"몰라. 영상이 어떤 것인지에 따라서 달라지겠지."

　한서영의 미간이 좁혀졌다.

　그때였다.

　띠리리리리릿—

　주방의 탁자위에 올려놓았던 한서영의 휴대폰이 울렸다.

　한서영이 머리를 돌리자 김동하도 전화벨 소리가 울리는 곳으로 시선을 돌렸다.

　김동하에게는 이곳의 모든 것이 온통 신기한 것 투성이다.

　"진작 물어보고 싶었는데 저것이 무엇입니까?"

　"휴대폰이라는 거야."

　김동하의 미간에 주름이 생겼다.

　"휴대폰이라고요?"

　"멀리 있는 사람과 대화를 주고받을 수 있는 물건이야. 동하 너도 곧 알게 될 거야."

　김동하는 멀리 있는 사람과 대화를 하는 물건이라는 것이 이해가 되지 않았다.

　그러고 보니 한강의 고수부지에서 잠시 머물 때에도 거의 모든 사람들이 한서영이 휴대폰이라고 말해준 저것을 가지고 있었다는 것을 떠올렸다.

어떤 사람은 그것을 손에 들고 바라보고 있었고, 어떤 사람은 그것을 귀에 대고 미친 사람처럼 중얼거리는 것도 보았다.

하지만 그것이 누군가와 대화를 하고 있었던 것이라고 생각하자 그의 눈이 반짝였다.

한서영이 휴대폰으로 걸어가 전화를 들어 올려 번호를 확인했다.

휴대폰의 액정에 둘째 여동생인 한유진의 이름이 선명하게 찍혀 있었다.

"유진이가 웬일이지?"

혼잣말로 중얼거린 한서영이 휴대폰의 버튼을 누르고 귀로 가져갔다.

"여보세요?"

ㅡ언니! 나야

휴대폰을 통해 둘째 동생인 한유진의 특유의 짤랑이는 목소리가 들려왔다.

언니 한서영을 닮아 예쁜 얼굴에 도도하고 콧대가 높기로 소문난 한성대학교 최고 미녀로 알려진 둘째 동생이다.

한서영이 이마를 찌푸렸다.

"무슨 일이니?"

ㅡ언니! 언니는 괜찮아?

한유진이 짤랑이는 목소리로 물었다.

한서영이 눈을 깜박였다.

"그게 무슨 말이야? 내가 괜찮냐니?"

—지금 뉴스에서 난리가 났어. 언니가 사는 아파트에 가스 사고가 났는데 그 현장에 막 날아다니는 사람이 있다고.

순간 한서영의 눈이 커졌다.

"그게 영상에 나왔단 말이야?"

—언닌 몰랐어? 언니가 사는 아파트와 같은 아파트잖아!

"난……."

한서영이 놀란 얼굴로 말을 흐렸다.

그녀의 귀로 동생의 목소리가 다시 들려왔다.

—영상이 흐릿해서 잘 보이진 않는데 정말 사람이었어. 사고가 나자마자 순식간에 그 아파트로 날아 들어가 버리더라?

영상이 흐릿하다는 동생의 말에 한서영이 가볍게 한숨을 불어냈다.

한서영이 대답했다.

"난 잘 몰랐어. 밤새 병원에서 근무하다가 이제 막 퇴근했는데 경비실의 경비 아저씨가 아파트에서 가스 사고 났다고 하긴 하더라. 그 정도만 알아."

—그럼 언니는 괜찮은 거지? 다친데 없는 거 맞지?

"그래."

─아! 다행이다. 뉴스 보니까 유리창이 깨져서 다친 사람들도 많다고 하던데…….

동생의 말을 들으며 한서영은 거실의 유리창을 바라보았다.

거실의 대형 유리창 한 장이 깨어져 있었지만, 곧 다인 캐슬의 창호 보수 용역업체에서 차례로 피해 신고를 접수한 뒤에 빠르게 보수가 될 것이었다.

한서영은 대수롭지 않은 듯 짧게 말했다.

행여 자신이 호들갑을 떤다면 여우같은 둘째 동생 한유진이 눈치를 채고 이곳으로 달려올 지도 모르는 일이었다.

동생들이 자신을 귀찮게 하는 것이 싫어서 엄마가 오래전 자신의 혼수 밑천으로 사놓았다고 한 이 아파트에서 혼자 지내고 있던 한서영이었다.

한서영의 귀로 다시 한유진의 목소리가 들렸다.

─근데 언니 아파트에 진짜 그 날아다니는 사람 있으면 나좀 꼭 소개시켜줘, 호호!

한서영이 피식 웃었다.

"남자 보기를 길바닥 돌멩이보다 하찮게 보는 네가 웬일로 그런 생각을 하니?"

한서영의 둘째 여동생인 한유진도 한서영과 같이 남자라는 존재에 대해서는 극단적일 정도로 초연했다.

그것은 셋째 여동생인 현재 여고생 신분의 한지은도 마찬

가지였다.

　어쩌면 한서영의 동생들은 겉모습과는 달리 남자 같은 성격의 한서영을 보며 자랐기 때문에 더욱 그런 성격을 물려받은 것일지도 몰랐다.

　한지연의 목소리가 들렸다.

　―몰라. 근데 그 사람 때문에 지금 인터넷에서 난리가 났어. 누구는 한국에 초인이 있다고 하고, 또 누구는 괴물이라고도 하고, 또 어떤 사람은 중국무술의 고수라고도 하고… 서로 말싸움 하고 장난 아니야.

　한서영이 물었다.

　"사람이 확실해?"

　―응! 멀리서 찍히긴 했지만 분명히 사람이었어. 어디서 나타난 건지는 모르겠지만 한순간에 불길이 치솟는 곳으로 들어가는 게 찍혔는데, 그 사람이 들어가자마자 그 큰불이 단번에 꺼지더라니까? 언니, 신기하지?

　한서영이 한가한 듯 말했다.

　"들어보니 신기하긴 하네."

　―호호, 누군지 궁금해 죽겠어!

　한서영이 피식 웃었다.

　"별게 다 궁금하네."

　한서영의 눈이 힐끗 김동하를 바라보았다.

　둘째 동생이 말하는, 그 날아다니는 남자가 이곳에 자신과 함께 있다는 것을 알게 된다면 어떤 반응을 보일지 궁금했다.

아마 한유진의 성격상 남자를 집안으로 들인 한서영에게 호들갑을 떨어대며, 언니 미쳤어를 연발하다가 김동하의 내력을 집요하게 따지고 들 것이 분명했다.

한유진의 목소리가 다시 들려왔다.

―아빠가 언제 쉬는 날 집에 들르래, 언니 얼굴 잊어먹겠다고. 엄마도 반찬 해놓은 거 언니한테 가져다주라는데 나 그런 거 귀찮아하는 거 알지? 차 있는 언니가 와야 한단 뜻이야!

한서영이 피식 웃었다.

"알았어. 다음 쉬는 날 집에 갈게."

―알았어, 끊어!

한유진이 한서영의 말도 듣지 않고 전화를 끊어버렸다.

휴대폰을 내려놓고 잠시 눈을 깜박이던 한서영이 김동하를 바라봤다.

김동하는 텔레비전의 화면에 아예 푹 빠져, 한서영이 자신을 바라보고 있는 것조차 모르는 듯 했다.

한서영의 눈이 김동하를 바라보며 깜박였다.

자신과 김동하가 천명에 대해 대화를 하고 있을 때 세상은 그야말로 엄청난 뉴스에 혼란을 겪고 있었다는 걸 알았다. 하긴 인간이 하늘을 난다는 건, 평범한 사람이라면 패닉에

빠지게 만들 정도로 충격적인 뉴스인 것은 당연했다.

자신이 가지지 못한 능력을 누군가 가지고 있다면 그 사람에게 관심이 집중될 것도 당연한 일이었다.

한서영이 휴대폰을 잠시 내려 보다가 이내 다시 테이블 위에 올려놓고 김동하에게 다가갔다.

화면을 바라보고 있는 김동하의 얼굴은 굳어 있었다.

텔레비전의 화면에는 세탁기를 광고하는 장면이 흘러나오고 있었다.

김동하에게는 사람의 손이 아닌 기계가 세탁하는 것도 신기하고 놀라운 장면이었다.

한서영이 입을 열었다.

"동하 네 영상이 찍히긴 했는데 선명하게 나오진 않은 것 같아."

김동하가 한서영을 올려다보았다.

"저의 모습이 목격되었다고 하셨습니까?"

한서영이 머리를 끄덕였다.

"그래. 내 동생이 한 말이니 틀림없어."

김동하가 눈을 껌벅였다.

"방금 누님의 동생과 대화를 했단 말입니까?"

한서영이 머리를 끄덕였다.

"그래. 그리고 날 누님이라고 하지 말고 그냥 처음 불렀던 대로 낭자라고 불러. 서영 낭자라고 부르면 더 좋고."

김동하가 눈을 껌벅였다.

한서영이 무슨 의도로 자신에게 그런 말을 하는 것인지 한서영의 표정을 살펴보는 눈빛이었다.

한서영은 간밤의 야근에 지치기도 했지만 김동하에게 누님이라는 말을 듣자 자신의 생각과는 달리 살짝 서운한 느낌이 들었다.

자각하지 못하고 있었지만, 자신에게 낭자라 불러주는 김동하의 말투가 오히려 더 정답게 느껴졌기 때문이다.

힐끗 김동하의 얼굴을 바라보던 한서영이 입을 열었다.

"역시 머리는 잘라야겠어."

김동하가 결심을 한 듯 머리를 끄덕였다.

"알겠습니다. 누님, 아니, 서영 낭자의 뜻대로 하지요."

"이 시대를 살아가려면 어쩔 수 없는 일이야. 서운하더라도 참아야 해."

"그러겠습니다."

한서영이 가위와 빗을 들고 김동하의 등 뒤에 섰다.

김동하의 시선은 텔레비전의 화면을 향하고 있었다.

천공불진의 공간을 통해 이곳으로 왔으니 이제 이곳의 삶을 살아야 한다는 것을 김동하는 알고 있었다.

자신의 생각만 고집해서는 안 된다는 것도 이미 알고 있었다.

그러기 위해서는 이곳에서의 삶을 배워야 했다.

그리고 그것을 배우기 위해서는 텔레비전보다 좋은 것이 없다는 생각이 들었다.

텔레비전에서는 김동하가 알고 싶었던 것들을 너무나 쉽게, 그리고 편하게 가르쳐 주고 있었다.

사각—

툭—

사각—

툭—

한서영의 가위질이 거쳐 갈 때마다 삼단처럼 늘어졌던 김동하의 머리칼이 바닥으로 떨어졌다.

한서영은 김동하의 머리칼을 잘라내면서 한편으로는 아깝다는 생각이 들었다.

남자의 머리칼이지만 여자의 머리칼처럼 부드럽고 곱게 길러진 머리칼이었다.

한서영의 가위질이 진행될수록 김동하의 모습도 변해가고 있었다.

긴 머리칼로 인해 가려져 있던 김동하의 진짜 모습이 드러난 것이다.

거울을 보지 않고 텔레비전의 화면만 바라보고 있는 김동하의 모습은 한서영의 예상과는 전혀 다른 모습으로 변해갔다.

한서영은 김동하가 잘생긴 사내라는 것을 어렴풋이 알고

있었지만, 짧은 머리칼로 변해가는 김동하의 모습은 그야말로 세상의 그 어떤 여자들이 본다고 해도 저절로 감탄성이 터질 정도로 너무나 잘생긴 모습이었다.

남자의 얼굴답지 않게 아름답게 느껴지기까지 하는 김동하의 얼굴이었다.

정작 김동하는 자신의 얼굴이 이런 식으로 변하게 될 것이라 상상도 하지 못하고 있었다.

한서영은 김동하의 모습이 너무나 달라보이자 잠시 가위질을 멈추고 김동하의 얼굴을 빤히 바라봤다.

긴 머리칼이 사람들의 이목을 집중시킬 것이라는 생각에 머리를 잘랐지만, 정작 머리칼을 자른 김동하의 모습은 사람들의 시선을 더 끌 것 같다는 생각이 들었다.

'뭐 이렇게 예쁘게 생긴 사내가 다 있어? 화장을 한다면 여자라고 해도 될 것 같네…….'

차마 김동하에게 말을 하지 못하는 한서영의 눈이 반짝였다.

한서영이 김동하의 머리를 자르는 수준은 여자 미용사가 같은 여자의 머리칼을 커트 해주는 수준이었다.

다만 여자처럼 긴 머리칼이 아닌 짧고 단정한 남자의 헤어스타일이었지만, 의사인 한서영이 머리칼까지 잘 다듬을 것이라곤 그 누구도 예상하지 못할 일이었다.

긴 머리칼은 잘라내고 남은 머리칼을 짧게 손질하는 한서

영의 얼굴이 살짝 상기되었다.

　남자에게 무관심한 그녀도 살짝 마음이 흔들릴 정도로 김동하가 잘생겼기 때문이었다.

　면도는 해줄 수 없었기에 간단하게 김동하의 머리를 짧게 잘라준 한서영이 가위와 빗을 내려놓으며 김동하를 바라보았다.

　잠시 김동하를 바라보던 한서영이 안방의 파우더 실에 올려져있던 거울을 가져왔다.

　"이게 지금 변한 너의 모습이야."

　김동하의 얼굴 앞에 거울을 들어 올려서 김동하의 얼굴을 비추었다.

　한순간 김동하의 얼굴이 굳어졌다.

　거울 속에는 자신이라고 생각되지 않은 생소한 얼굴의 사내가 있었다.

　하지만 자신의 예상보다 훨씬 잘생기고 멋진 사내의 모습이었다.

　강해보이지만 부드럽고 선한 얼굴이었으며, 맑은 눈빛과 진한 눈썹이 마치 그림을 그린 듯 고왔다.

　또한 오똑한 콧날과 꾸욱 다물어져 닫혀 있는 입술은 고집스러워 보이지만 강직한 느낌이었다.

　"새 얼굴이 마음에 드니?"

　한서영의 물음에 잠시 생각하던 김동하가 되물었다.

"서영 낭자의 생각은 어떻습니까?"

한서영이 눈을 동그랗게 떴다.

"내 생각?"

"물론입니다. 저의 지금 이 얼굴은 서영 낭자가 준 것이나 다름이 없으니 당연히 서영 낭자의 생각을 물어야 하겠지요."

한서영이 망설이지 않고 대답했다.

"지금 이 얼굴로 거리에 나선다면 아마 대부분의 여자들이 너에게 호감을 가지게 될 거야. 즉, 나쁘지 않고 좋다는 뜻이지."

한서영의 말에 김동하가 빙그레 웃었다.

김동하의 미소를 본 한서영의 가슴이 철렁 내려앉았다.

단지 그의 미소만 보았을 뿐인데, 지금까지 남자를 소가 닭 보듯 무관심했던 한서영의 마음이 흔들린 것이다.

'주책이다, 진짜… 내가 왜 이러지?'

자신도 모르게 얼굴이 살짝 붉어진 한서영이었다.

"이제 욕실에 들어가서 머리를 씻고 나와. 난 이것들을 치우고 안방에서 쉬어야 할 것 같으니 방해하지 말고."

김동하가 살짝 머리를 숙였다.

"고맙습니다. 서영 낭자."

"지랄……."

한바탕 톡 쏘려던 한서영이 이내 바닥에 흩어져있던 김동

하의 잘라낸 머리칼을 치우기 시작했다.

  26살 미모의 여의사가 처음으로 남자에게 관심이 생긴 날이었고, 514년 전의 과거에서 현대로 시간의 공간을 넘어온 조선남자가 대한민국의 현대 도시남자로 변신한 역사적인 날이었다.

  김동하가 몸을 일으켜 거실의 욕실을 열고 들어갔다.

  긴 머리칼일 때는 몰랐던 넓은 김동하의 등판이 욕실의 문짝을 가득 채웠다.

  한서영이 잠시 한숨을 불어내다 이내 머리카락의 잔재를 모두 치운 후 자신의 방으로 향했다.

  그녀의 가슴이 갓 사춘기를 겪는 소녀처럼 콩닥거리며 뛰기 시작했다.

조선남자

朝鮮男子

-천능의 주인-

두 개의 선택

새벽 4시.

한서영의 아파트 거실은 조용한 침묵에 잠겨 있었다.

어디선가 미약한 빛이 들어와 거실의 모습을 희미하게 밝혔다.

불이 켜지지 않은 한서영의 거실 한가운데 누군가 정좌를 하고 앉아 있다.

얼굴은 거실의 창 쪽으로 향하고 있었고, 자세는 등을 곧게 편 채 잠을 자듯 고른 숨을 내 쉬고 있었다.

어둠속에서 드러난 검은 그림자의 정체는 김동하였다.

김동하는 거실의 한가운데 정좌를 한 채 눈을 감고 있었다.

후우우우우웅—

한순간 희미한 진동음이 울렸다.

진동음이 울려져 나오는 곳은 김동하의 몸에서였다.

투두둑—

진동음과 함께 무언가 터져 나가는 소리도 들렸다.

동시에 김동하의 몸에서 수증기와 같은 옅은 안개와 같은 것이 흘러나왔다.

안개는 흩어지지 않고 김동하의 몸을 중심으로 천천히 맴돌기 시작했다.

그것을 아는지 모르는지 김동하의 몸은 미동도 하지 않고 있었다.

정좌를 한 채 깊은 명상에 잠긴 김동하의 머릿속은 너무나 맑았다.

일상처럼 반복하는 무량기의 운기였다.

하지만 인왕산에서 내려온 이후에 이처럼 몰아의 경지에서 운기를 하지는 못하고 있었기에 지금의 김동하는 완전한 삼매경에 빠져 들어 있었다.

투두두둑—

김동하의 몸에서 다시 무언가 터져 나가는 소리가 들렸다.

닫혀 있던 세맥이 터지는 소리였다.

동시에 무량기의 기운이 전신혈맥에 숨어 있던 탁기를 품고 김동하의 전신모공을 통해 빠져 나왔다.

무량기의 기운은 탁기만 흩어놓고 정심한 정기는 그대로 운기를 하는 김동하의 주변에서 흩어지지 않고 김동하의 전신을 보호하고 있었다.

만약 지금의 상황에서 김동하를 누군가 만진다면 만지는 사람이나 김동하 본인이나 엄청난 충격을 받게 될 것이었다.

무량기를 운공하고 있는 김동하의 머릿속은 너무나 맑아지고 있었다.

지금처럼 무량기의 근원인 선천지기는 새벽에 가장 정순해진다.

지금처럼 인시(寅時 새벽3시—새벽5시)가 그 정순함이 최고조에 이를 시간이었다.

다만 산에서 느꼈던 기운과는 달리, 아파트에서 느껴지는 기운은 조금 탁하다는 것은 어쩔 수 없었다.

하지만 그것도 큰 문제는 없었다.

탁한 기운이 김동하의 몸속에 머물고 있는 무량기와 섞이면 구정물이 맑은 물처럼 정화되듯, 본래의 무량기와 동화되어 흡수되는 것이었다.

김동하가 무량기를 수련하는 모습은 타인의 눈에는 잘 띄지 않았다.

하긴. 김동하가 무량기를 운기 하는 겉모습을 본다면 그냥 정좌를 한 채 눈을 감고 명상을 하는 것처럼 보일 뿐이었다.

하지만 그런 김동하의 모습을 가까이에서 지켜본다면 대경

실색할 수밖에 없을 것이다.

무량기의 기운이 김동하의 전신을 보호하고 있다는 것을 알 수 있기 때문이다.

후우우우우웅―

김동하의 몸에서 흘러나오는 무량기의 기운이 더 짙어졌다.

찰칵―

문의 자물쇠가 풀어지는 소리와 함께 안방에서 잠옷을 걸친 한서영이 걸어 나왔다.

한서영은 잠을 자다가 목이 말라서 거실로 나오는 중이었다.

비록 집에서 편하게 쉬는 날이었지만 병원에서의 습관은 좀처럼 사라지지 않았다.

인턴의 병원 생활은 잠을 자더라도 늘 절반은 깨어 있어야 했다.

그 때문에 집에 돌아와서 편히 잠을 자더라도 이런 식으로 갑자기 눈을 뜨는 경우가 많았다.

거실로 나오던 한서영은 불을 켰다.

딸칵―

팟―

거실의 불이 환하게 켜지자 한서영이 졸린 눈을 살짝 비비며 주방 쪽으로 향했다.

이렇게 일어나면 거의 두 번 다시 침대로 돌아가는 법이 없는 한서영이었다.

막 주방 쪽으로 걸음을 옮기던 한서영이 거실로 시선을 던졌다.

"엄마야!"

한서영이 화들짝 놀랐다.

등을 돌린 채 거실의 창 쪽을 향해 정좌해 있는 김동하의 모습을 보고 놀라지 않는다면 그것도 비정상일 것이다.

"아이 씨~ 애 떨어질 뻔 했네… 근데 저게 뭐하는 짓이야?"

잠이 확 달아난 한서영이 눈을 껌벅이며 김동하의 등 뒤로 천천히 다가갔다.

만약 지금의 김동하를 건드린다면 한서영과 김동하 모두 상당히 크게 다칠 수도 있었다.

그것을 모르는 한서영은 처음 보는 김동하의 무량기 운공 장면을 신기한 표정으로 바라봤다.

"야! 지금 뭐하는 거니?"

한서영이 김동하를 불렀다.

하지만 눈을 감고 있는 김동하는 전혀 미동도 하지 않았다.

한서영이 김동하의 어깨를 흔들기 위해 손을 내밀었다.

그때였다.

찌리리릿—

마치 한서영의 손끝에서 전기에 감전된 듯한 느낌이 흘렀다.

"꺅!"

한서영이 짧게 비명을 지르며 뒤로 물러섰다.

놀란 얼굴로 눈을 치켜뜬 한서영이 김동하의 모습을 자세히 바라보았다.

그제야 김동하의 주변으로 희미한 안개와 같은 옅은 연무가 천천히 김동하의 몸을 감싸고돌고 있는 것을 확인했다.

"…저게 뭐야?"

한서영의 눈이 껌벅였다.

그녀로서는 태어나서 처음으로 보는 광경이었다.

김동하의 몸을 감싸고 있는 무량기는 수신기라는 별칭대로 김동하의 몸을 보호하면서 한서영을 접근하지 못하게 밀어낸 것이다.

무량기의 기운은 한서영에게는 놀랄 만큼 찌릿하고 충격적이었다.

한서영이 눈을 껌벅이며 중얼거렸다.

"저게 천명이라는 걸까……?"

한서영은 김동하가 자신의 발을 치료할 때 김동하의 입에서 흘러나왔던 천명의 기운이 푸르다는 것을 알았지만, 지금의 김동하 주변을 감싸고 있는 기운도 천명의 실체라고 생각했다.

조선남자
朝鮮男子

그때였다.

후우우우우우우웅—

김동하의 몸을 맴돌던 무량기의 기운이 김동하의 콧속으로 마치 스펀지가 물을 흡수하듯 빨려 들어감과 동시에 김동하가 눈을 떴다.

너무나 신기한 장면을 눈앞에서 지켜본 한서영의 입이 벌어졌다.

그때 김동하가 자신의 뒤에서 느껴지는 기척에 머리를 돌렸다.

"엇! 서영 낭자."

김동하는 자신이 무량기를 운기 하는 동안에 주변에서 벌어지는 상황을 전혀 모른다.

만약 운기를 하고 있지 않았다면 잠을 자고 있더라도 한서영의 기척을 금방 알아차렸을 것이다.

김동하의 주변을 돌고 있던 희미한 안개 같은 것이 김동하의 콧속으로 모두 빨려 들어가는 것을 본 한서영이 물었다.

"방금 그게 뭐였어?"

"예? 무슨 말씀을 하시는 것인지⋯⋯?"

김동하는 자신의 무량기가 천공불진을 통과하면서 더 강해진 것을 알았지만, 무량기의 기운이 진화(珍花)의 형태로 그 형상을 드러낸 것을 모르고 있었다.

무량기가 진화의 형태로 모습을 드러내었을 경우 무량기의 최상승의 경지에 든 것이라 할 수 있었다.

실제로 무량기를 전수해준 사부 해원스님과 작은 사숙 해인스님도 진화의 경지에는 오르지 못했을 정도였다.

사부인 해원스님이 전해준 말로는 무량기의 경지가 극에 오를 경우 무량기의 기운은 운공자의 모습을 완전히 기운으로 감싸버릴 것이고, 볼 수 있는 것은 오직 짙은 무량기의 기운으로 만들어진 한 송이의 거대한 연꽃이라고 하였다.

하지만 무량기를 창안한 선대조사인 무허대사도 무량기의 완전체를 이룬 사람을 실제로 보지 못하였다.

다만 무량기의 완전체가 령화(靈花)라는 경지를 의미한다고만 글을 남겼을 뿐이었다.

김동하는 자신의 몸에서 무량기의 실체인 진화가 피었다는 것을 인식하지 못하고 있었다.

단지 자신의 무량기 기운이 예전과 달리 더욱 짙어졌다는 것만 자각하고 있었을 뿐이었다.

한서영이 김동하를 보며 입을 열었다.

"방금 네 몸의 주변에 안개 같은 것이 천천히 네 몸을 감싸고 돌고 있었어. 널 만지려 했는데 그게 전기처럼 톡 쏘더라. 그리고 그게 조금 전에 모두 네 콧속으로 들어갔고… 그게 뭐야? 너 혹시 마약 같은 거 하니? 대마초 같은 거……."

한서영은 김동하의 콧속으로 들어간 연기와 같은 것이 무엇인지 궁금했다.

한서영의 말을 들은 김동하의 얼굴이 굳어졌다.

"…저의 몸에서 무언가 돌고 있었단 말씀이십니까?"

"그래. 그게 뭐야?"

"진화!"

김동하는 자신도 모르게 진화가 자신의 몸에서 만들어 졌다는 것을 느꼈다.

한서영의 말이 틀림없다면 자신의 무량기는 중단전을 뚫고 상단전에 오른 것이라고 할 수 있었다.

한서영의 눈이 찌푸려졌다.

"진화? 그게 뭐야? 여자이름 같은데…….."

얼핏 들으면 여자의 이름처럼 들리는 진화의 실체가 무량기의 기운이 형상으로 나타나는 첫 번째 기화(氣花)의 명칭이라는 것은 생각조차 못하는 한서영이었다.

김동하가 입을 열었다.

"진화는 소생이 익힌 무량기의 기운이 실체의 형상으로 모습을 드러내는 것을 말합니다."

한서영의 눈이 껌벅였다.

천명의 권능을 시전하기 위해서는 무량기의 기운이 있어야 한다고 들었기에 그것이 천명과 관계가 있다는 생각이 들었다.

"그게 중요한 거야?"

김동하가 살짝 뛰는 가슴을 억누르며 차분하게 대답했다.

"무량기는 사람의 심신을 안정시키고, 몸의 기운을 정순하게 만들어 세상의 선천지기를 몸속에 채우는 방법입니다. 강맹하지만 부드럽고 온유하나 날카롭지요. 처음은 보이지 않으나 씨가 만들어지고 그 씨가 꽃을 피우면 진화의 형태로 드러난다 하였습니다. 그리고 마지막에는 령화로 그 기운을 만개한다하였지요."

"무슨 말이야? 중국어 같아서 못 알아 듣겠어."

한서영이 미간을 좁혔다.

김동하가 빙긋 웃었다.

"소생이 수련하고 있는 기운의 형상이 실체로 드러난 것이란 뜻입니다. 서영 낭자께서 보신 것은 그 무량기의 실체가 드러난 것을 본 것이고요."

"그게 진화라고 하는 거야?"

"예! 소생에게 해동무를 전수해주신 사부님과 사숙님도 피우지 못한 것이 바로 진화였습니다."

"그래?"

한서영이 눈을 깜박였다.

무량기의 진화를 개화했다는 것이 어떤 경지인지 모르는 한서영은 김동하의 말이 어떤 의미인지 모르고 있었다.

지금의 김동하의 경지라면 무쇠로 만들어진 쇳덩이조차 그의 손힘을 버티지 못하고 터져 나갈 것이었다.

이미 인간으로서의 한계를 넘어버린 것이라고 할 수 있

었다.

잠시 후 한서영이 물었다.

"그럼 좀 전에 그렇게 앉아 있었던 것은 그 무량기를 수련하고 있었던 거네?"

"예!"

"왜 이 새벽에 그러고 수련하고 있었어? 차라리 혼자 있을 때 하면 될 텐데."

김동하가 웃으며 대답했다.

"세상의 모든 기운이 가장 맑고 정순한 시간을 택해 수련해야 하는데, 지금이 바로 그 시간입니다."

"아!"

한서영의 입에서 짧은 감탄성이 흘러나왔다.

그제야 어둠속에서 김동하가 정좌를 하고 있었던 이유가 어떤 의미인지 깨달은 것이었다.

한서영이 김동하를 바라보며 물었다.

"그럼 수련은 끝난 거야?"

김동하가 머리를 끄덕였다.

"예! 예전에는 무량기의 대주천까지 마치면 한 시진(2시간)은 흘렀는데 지금은 반 시진(1시간)만에 대주천까지 마치게 되더군요. 처음에는 이유를 몰랐는데 서영 낭자께서 말씀하신 진화가 개화했다고 하니, 이제야 그 이유를 알 것 같습니다."

한서영이 눈을 깜박였다.

"한 시진?"

김동하가 빙긋 웃었다.

"여기서는 한 시진을 두 시간으로 계산하더군요. 반 시진이면 여기의 시간으로 한 시간을 의미합니다, 서영 낭자."

한서영이 살짝 놀란 듯 김동하를 바라보았다.

"한 시간 동안이나 그러고 있었단 말이야?"

"예!"

"세상에 잠도 자지 않고……."

한서영은 자신의 기준으로는 아무것도 하지 않고 눈을 감고 있다면 10분도 지나지 않아 곯아떨어지게 될 것이라 생각했다.

그녀에게 잠은 언제나 쪽잠이었다.

한가한 시간에는 틈을 내어서라도 일부러 머리를 기대고 쪽잠을 청할 곳을 찾아야 했다.

"잠이 다 깼네."

김동하가 부드럽게 입을 열었다.

"들어가셔서 좀 더 주무십시오."

"아냐, 다 잤어."

한서영이 기지개를 켜면서 다시 주방 쪽으로 향했다.

그 모습을 김동하가 말없이 바라봤다.

새벽의 김동하가 무량기를 수련하면서 벌어진 소동이 지나자 빠르게 날이 밝아왔다.

오전 6시 30분.

한서영의 아파트는 정적에서 깨어나고 있었다.

한서영이 김동하를 바라보며 물었다.

"병원으로 찾아 올수 있겠어?"

깔끔한 옷으로 갈아입은 한서영이 김동하의 얼굴을 빤히 바라보며 물었다.

비록 오늘 새벽에 일찍 깨어나긴 했지만 어제는 일찍 집으로 돌아와 꼬박 하루를 푹 쉰 탓에 한서영의 얼굴은 생기가 넘치고 있었다.

김동하가 빙긋 웃으며 머리를 끄덕였다.

"물론입니다. 이제 대충 이곳에서 살아가는 방식도 알게 되었으니 어렵진 않을 것입니다."

김동하는 거실에서 무량기의 수련을 마친 후, 잠도 자지 않고 텔레비전을 시청했다.

드라마나 토크쇼, 광고, 뉴스를 비롯해 스포츠까지 거의 모든 채널을 돌려가며 텔레비전 시청에 몰두했다.

김동하에게 텔레비전은 그야말로 최고의 스승과 같은 존재였다.

한서영이 텔레비전의 리모컨 사용법을 알려주자 그의 손에서 리모컨이 떨어지지 않았다.

텔레비전은 김동하에게 또 다른 세상을 알려주었다.

지금까지 그가 알지 못했던 상식과 이곳에서 살아가는 방식의 매뉴얼까지 제공해 준 셈이었다.

"알았어. 오전에 깨진 유리를 보수하러 온다니까 문 열어줘. 그리고 나중에 점심 먹을 시간쯤에 병원으로 와. 어제 만났던 그곳에서 기다릴 테니까."

한서영의 말에 김동하가 머리를 끄덕였다.

"알겠습니다."

김동하가 대답하자 한서영의 눈이 김동하를 훑어보았다.

머리를 짧게 자르고 옷을 바꾸어 입은 김동하의 모습은 아무리 보아도 참으로 준수한 모습이었다.

더구나 살짝 풀어놓은 셔츠의 앞자락 사이로 보이는 고무공처럼 탄력이 넘치는 김동하의 앞가슴은 남자에겐 맹탕이라고 할 수 있는 한서영의 마음까지 흔들어 놓고 있었다.

"갈게. 나올 때 문단속 잘해."

"염려하지 마십시오. 서영 낭자."

김동하의 배웅을 받으며 한서영이 집을 나섰다.

누군가의 배웅을 받으며 집을 나선다는 느낌은 한서영에겐 정말로 오랜만에 경험하는 느낌이었다.

하지만 그것이 싫지는 않았다.

지하 주차장으로 내려온 한서영이 자신의 차에 올라 시동을 걸자, 부드럽게 시동이 걸렸다.

또다시 고단한 일상이 시작되는 첫날이었지만 한서영은 전혀 피곤하거나 힘들다는 느낌이 들지 않았다.

딸칵—

차의 라디오를 켜자 음악이 흘러나왔다.

누구의 노래이며 언제 부른 것인지도 모르는 노래였다.

하지만 자신도 모르게 음악의 리듬을 콧소리로 흥얼거리기 시작했다.

기분 좋은 아침이었다.

부우우우우웅—

차가 빠르게 지하 주차장을 벗어났다.

어제의 가스폭발 사고로 시장터처럼 시끄러웠던 아파트 단지는 언제 그런 사고가 있었냐는 듯 고요한 모습이었다.

잠들어 있는 아파트 단지의 정적을 깨트리듯 한서영의 차가 빨간 후미등을 깜박이며 단지를 빠져 나갔다.

한서영이 출근하자 김동하는 거실에 앉아서 텔레비전을 다시 시청했다.

그의 무릎 위로 포메라니안이 올라와 편하게 자세를 취했다.

김동하가 잠시 포메라니안을 바라보다 중얼거렸다.

"너에게 이름을 지어 주어야 할 것 같구나."

"멍!"

포메라니안이 김동하를 올려다보며 꼬리를 흔들었다.

마치 이름을 지어준다는 것이 어떤 뜻인지 알고 있다는 듯한 표정이었다.

붉은 혀가 살짝 빠져나온 채 김동하를 바라보고 있는 포메라니안의 모습은 참으로 귀여웠다.

"내가 예전에 인왕산의 산사에서 키우던 두 마리의 강아지가 노들과 도진이었단다. 그 두 아이의 이름을 하나씩 빌려 쓰도록 하자꾸나. 노진이 어떠냐?"

"멍!"

포메라니안이 꼬리를 흔들자 김동하의 두 눈 사이가 살짝 좁혀졌다.

자신이 지은 이름이긴 하지만 노진이라는 이름이 포메라니안과 어울리지 않는다는 생각이 들었다.

잠시 생각하던 김동하가 포메라니안의 등을 손으로 쓸며 다시 입을 열었다.

"노진이라는 이름이 왠지 너와는 어울리지 않을 것 같구나. 넌 하얗고 귀여우니, 부드러운 느낌의 유자가 괜찮겠다. 유진이… 어떠냐? 나도 그게 마음에 드는데."

새로 지어진 이름이 유진이라는 것이 즐거운지 포메라니안이 꼬리를 흔들며 김동하의 손에 얼굴을 비볐다.

"멍!"

유진.

차에 치어 목숨이 위태롭던 강아지에게 새 생명을 돌려주

고 지어준 이 이름 때문에 김동하가 누군가에게 평생 곤욕을 치를 것이라곤 김동하는 꿈에도 상상하지 못하고 있었다.

한참을 텔레비전을 시청하고 있던 김동하는 날이 밝자 한서영이 식탁에 차려놓은 아침식사를 했다.

한서영은 전기밥솥에서 밥을 퍼는 것까지 세밀하게 김동하에게 알려주었다.

한서영이 만들어 놓은 반찬은 무척 맛이 있었다.

다만 김동하는 그것이 한서영이 만든 것이 아니라 한서영의 어머니가 만들어서 보내 준 것이라고는 생각하지 못했다.

한서영이 만든 것은 그녀가 직접 담근 김치 한 가지뿐이었지만, 그것만으로도 김동하는 즐겁게 식사를 할 수가 있었다.

한서영의 당부대로 오전 10시가 넘어가자, 어제의 사고로 박살이 난 거실창의 유리를 교체하기 위해 아파트 협력 업체 직원이 방문했다.

거실의 유리창을 교체하는 것에는 1시간 정도가 소요되었다.

김동하는 처음 보는 사람들이 유리를 교체하는 것을 신기해하는 얼굴로 지켜보았다.

숙련된 사람들이 재빨리 유리를 교체하는 것을 보면서 자신이 살던 시대와 너무나 달라진 지금의 현실을 또 한 번 자각했다.

인부들이 유리를 교체한 것을 마치고 돌아가자 오전 11시
가 넘어가고 있었다.

조금 어질러진 집안을 치운 김동하가 아파트를 나선 것은
11시 30분이 갓 지난 시간이었다.

김동하는 한서영이 일하고 있는 세영대학 병원을 향해 걸
음을 옮겼다.

추레한 트레이닝복 차림과는 달리, 지금의 김동하의 모습
은 그가 거지꼴로 돌아다니던 사람이었다고는 전혀 상상조
차 할 수 없을 정도로 완벽하게 현대의 젊은이의 모습으로
탈바꿈 되어 있었다.

어제의 일기예보대로 소나기가 내릴 것처럼 하늘이 잔뜩
찌푸려져 있었다.

* * *

[아빠, 엄마, 나 은지야.

먼저 이런 선택을 할 수밖에 없었던 나를 용서해 줘… 아빠
랑 엄마에게 정말 미안해.

하지만 나는 이런 선택을 할 수밖에 없었고, 이제는 되돌릴
수도 없어.

나 엄마랑 아빠 몰래 참 나쁜 짓 많이 했어.

몰래 도둑질도 해야 했고, 나쁜 아이들이랑 어울려 이상한

약도 먹었어.

아빠가 마시던 술도 마셔봤어.

아빠랑 엄마에게 차마 말하지 못할 부끄러운 짓도 해야 했었고, 싫어도 좋다고 웃기도 했어.

아빠랑 엄마 몰래 밤에 나가서 새벽에 집에 돌아왔던 적도 많아.

친구들과 시험공부 한다고 해놓고 몰래 다른 짓도 했어.

하지 않으면 괴롭힘을 당해서, 그래서 어쩔 수 없이 했어.

아빠, 엄마, 나 진짜 무섭고 힘들었어.

모든 비밀을 아빠랑 엄마에게 모두 털어놓고 싶었지만, 그렇게 하면 아빠랑 엄마 얼굴까지 모두 공개해 버리겠다고 했어.

아빠랑 엄마가 나 때문에 부끄러워서 세상에 살지 못하게 만들어 놓겠다고 했어.

난 그게 제일 무서워.

나 때문에 아빠랑 엄마가 힘들어 하는 게, 이 세상에서 제일 무서운 일이야.

나, 부끄러운 사진을 찍혀서 되돌리고 싶어도 되돌릴 수가 없어.

말을 듣지 않으면 그 사진을 학교에 뿌린다고 해서 어쩔 수 없이 그 아이들의 말을 따라야 했어. 돌아가고 싶어도 돌아갈 방법이 없어.

하느님에게 그 아이들을 나에게서 떼어줄 수 있게 해달라고 매일 빌었어.

하지만 그런 일은 없었어.

죽고 싶지 않은데… 엄마와 아빠랑 더 오래 살고 싶은데, 그럴 수가 없어.

내일은 더 힘든 일을 하게 될 것 같아. 그래서 견딜 수가 없어.

아빠, 엄마. 나 못된 딸이고, 못난 딸이야.

언제나 아빠는 예쁜 우리 딸이라고 날 안아줬지만, 난 이제 아빠랑 엄마는 상상도 하지 못할 더럽고 나쁜 딸이 되어버렸어.

나한테 이런 일이 일어나게 만든 신이 미워.

할 수 있다면 찾아가서 따지고 싶은데 그럴 수가 없어. 세상에 신은 없으니까.

아빠, 엄마. 어쩔 수 없이 내가 선택한 길이고, 이럴 수밖에 없는 날 용서해 줘.

만약 다시 태어난다면 그때는 진짜 아빠랑 엄마에게 가장 소중한 딸로 다시 살 거야.

날 18년 동안 키워준 아빠와 엄마를 이 세상에서 가장 사랑해.

이미 선택한 길이니 망설이지는 않을 거야.

망설인다면 또 다시 그 아이들이 시키는 일을 해야 할 거

고, 그러면 더욱 벗어나기 힘들 테니까.

  그리고 이 선택이 아빠랑 엄마를 더 이상 속이지 않아도 되는 길이라고 생각했어.

  이 세상에 태어나 18년밖에 못 살고 가야 하지만, 나를 이 세상에 태어나게 해준 아빠와 엄마가 있어서 정말 행복했어.

  사랑해, 그리고 고마워. 안녕, 아빠, 엄마.

  유채영, 김선혜, 김현아, 송지은, 엄자희, 박선미.

  너희들의 이름은 내가 지옥까지 가져 갈 거야.

  죽어도 너희들은 절대로 용서하지 않을 거고, 할 수 있다면 귀신이 되어서라도 너희들에게 찾아가 복수하고 싶어.

  너희들은 나보다 더 비참하게 될 거야. 내가 죽어서 신을 만나면 그렇게 해달라고 빌 거니까.

  너희들은 인간이 아니야. 그냥 악마들이야. 내가 이런 선택을 한 건, 모두 너희들 때문이야.

  잊지 마, 내 이름. 최은지라는 내 이름. 너희들에게 평생 악몽으로 기억되게 만들 거야.

  내가 죽었다는 소식을 듣고 놀라지 않길 바라.

  그리고 너희들은 내 장례식장에 오지 않길 바라.

  너무 분하고 억울해서 죽은 내가 다시 깨어날지도 모르니까 말이야.

  이제 너희들에게 지옥이 열리게 될 거야.

그리고 평생 너희들은 그 지옥을 벗어나지 못하게 될 거야. 내가 그렇게 만들 거니까.

잘 있어. 지옥에서 너희들을 기다리고 있을게.

그때는 아마 내가 너희들에게 했던 것처럼, 너희들이 나에게 울면서 살려달라고 빌게 될 거야. 신이 있다면 꼭 그렇게 될 거야.

끝으로 너희들에게 지금까지 내가 당한 모든 슬픔을 저주의 주문으로 남겨놓고 간다.

…이 아이들을 꼭 저에게 데려와 주세요.

최은지.]

"흐흐흑… 은지야, 내 딸아…! 불쌍해서 어떡하니?"

40대의 여인이 창백한 얼굴로 눈물을 흘리면서 빈소의 제단 위에 올려진 사진을 바라보며 눈물을 흘리고 있다.

어려보이지만 깜찍하고 예쁘장하게 생긴 여학생이 교복을 입고 웃고 있는 사진이 국화꽃 사이에 놓여 있었고, 사진의 위쪽에는 검은색의 리본이 둘러져 있었다.

눈물을 흘리고 있는 40대의 여인은 탈진한 듯 등을 빈소의 벽에 기댄 채 눈물을 흘리며 사진속의 여학생을 바라보고 있었다.

눈물을 흘리지 않으려 해도 저절로 눈물이 흘러나왔고, 가

습 속은 사랑하는 딸을 잃은 허망함으로 인해 미어질 것만 같았다.

울고 있는 여인과 조금 떨어진 곳에는 허망한 얼굴로 허공을 바라보고 있는 40대 남자가 앉아 있었다.

홀쭉한 뺨과 꺼칠해진 수염으로 보아 지난밤에 전혀 잠을 이루지 못한 얼굴이었다.

한동안 허공을 바라보고 있던 남자의 얼굴에서도 이내 눈물이 흘러내리기 시작했다.

여학생의 빈소가 차려진 장례식장은 썰렁했다.

월요일 오전이었기에 더더욱 그럴 수도 있었지만, 그렇다고 이렇게 사람들이 찾아오지 않는 장례식장은 드물 것이다.

장례식장 입구에 걸려 있는 고인의 이름이 적힌 팻말에는 최은지라는 이름이 너무나 선명했다.

딸이 죽었지만 아무도 찾아오는 사람이 없다는 것이 슬픈 것인지 여인은 더욱 서럽게 울었다.

하나뿐인 외동딸이다.

꽃다운 열여섯의 나이에, 그야말로 여름날 하루 피었다가 떨어진 봉선화처럼 시들어 버린 딸이었다.

박은정은 딸의 죽음이 아직도 실감이 나지 않는 것인지 눈물을 흘리면서도 연신 빈소의 제단에 올려진 딸의 사진을 바라보고 있었다.

아내의 울음소리를 들은 최선동이 이를 악물고 자리에서

일어섰다.

휘청—

딸의 죽음에 충격을 받은 것인지 그의 몸이 잠시 흔들렸다.

하지만 어금니를 꾹 깨문 최선동이 이내 빈소를 걸어 나왔다.

치미는 울화통을 속으로 삼키고 있었지만 지금 그가 할 수 있는 일은 아무것도 없었다.

집으로 돌아가 딸의 방문을 열면 아직도 딸이 그곳에 있을 것 같다는 착각이 들었다.

최선동은 딸이 편지에 남겨놓은 6명의 여학생 이름을 절대로 잊을 수 없었다.

유채영, 김선혜, 김현아, 송지은, 엄자희, 박선미.

딸이 세상을 떠나기 전까지 원망하며 저주했던 학생들의 이름이었다.

딸이 죽음을 선택하며 마지막으로 이 세상에 남겨놓은 편지는 딸의 투신을 조사하는 경찰이 가져갔다.

아내를 홀로 빈소에 남겨놓고 밖으로 나온 최선동이 장례식장 앞의 벤치로 천천히 걸음을 옮겼다.

최선동의 얼굴은 푸석푸석했다.

벤치의 앞에는 옹기로 만들어진 재떨이가 덩그러니 놓여 있었고, 재떨이의 주변에는 담배꽁초들이 어수선하게 떨어져 있었다.

딸은 아파트에서 투신한 직후 현장에서 사망했다.

하긴, 온몸이 쇳덩어리로 만들어진 사람이라고 해도 24층의 고층에서 뛰어내린다면 몸이 산산이 부서질 것이었다.

최선동의 머릿속에 딸의 마지막 모습이 떠올랐다.

뼈가 없는 인형처럼 온몸의 뼈가 부서진 채 누워있던 딸의 머리는 너무나 처참하게 부서져 있었다.

튕겨져 나온 핏덩이와 뇌수들이 사방에 어질러져 있었고, 초점을 잃은 채 멍하게 허공을 바라보고 있던 딸의 눈에는 아빠인 자신과 엄마에게 미안해하는 마지막 표정이 담겨 있었던 것 같았다.

최선동이 품에서 담배를 꺼냈다.

담배를 꺼내는 그의 손끝이 부르르 떨리고 있었다.

해결되지 않는 분노 때문이었다.

최선동이 떨리는 손을 억지로 움직여 한개피의 담배를 꺼내 입에 물었다.

호주머니를 뒤져 라이터를 찾았지만 어디에 두었는지 호주머니에 불을 붙일 라이터가 없다는 것을 알아차렸다.

멍하게 담배만 입에 문채 허공을 바라보는 최선동의 창백한 얼굴에 다시 눈물이 흐르기 시작했다.

"…얼마나 무서웠을까?"

자신이 내려다보아도 아찔한 높이의 24층 아파트였다.

하지만 딸은 그 무서움조차 마지막 선택 앞에서 어쩔 수 없이 무시해야 했을 것이었다.

그때였다.

쏴아아아아아아아—

찌푸린 하늘에서 소나기가 내리기 시작했다.

딸의 죽음을 슬퍼하는 것 같은 소나기였다.

최선동은 멍하게 쏟아져 내리는 소나기를 바라보고 있었다.

장례식장 앞은 투명한 청색 아크릴 지붕덮개로 가려져 있었기에 그곳으로는 소나기가 들이치지 않았다.

하지만 최선동은 차라리 쏟아져 내리는 소나기가 자신의 분노와 지독한 상실감을 씻어주길 바랬다.

딸이 살아서 돌아온다면 자신이 가진 것을 모두 주어도 아깝지 않을 것 같았다.

그때 두 명의 건장한 사내들이 장례식장으로 들어갔다가 이내 빠져 나왔다.

그들은 장례식장 앞의 벤치에 앉은 최선동을 발견하고 최선동의 앞으로 걸어왔다.

"최 사장님!"

좌측에 선 노타이차림의 양복을 걸친 40대의 남자가 최선동을 가만히 불렀다.

최선동이 머리를 들어 올려 다가오는 두 사람을 바라보았다.

아는 얼굴들이었다.

바로 딸의 투신을 조사하는 서초경찰서의 형사들이었다.

좌측의 형사가 최선동의 얼굴을 바라보며 안타까운 표정을 지었다.

이노일 경사. 강력계 형사로서 형사경력만 20년이 넘는 베테랑 형사였다.

이노일 경사가 초점 잃은 시선으로 자신을 바라보고 있는 최선동의 앞쪽으로 다가섰다.

최선동이 눈을 껌벅이며 이노일 경사를 바라보았다.

이노일 경사의 눈에 안타까워하는 표정이 떠올랐다.

딸이 극단적 선택을 한 지금, 최선동이 어떤 심정일지 너무나 잘 알기 때문이었다.

"…식사는 하셨습니까?"

이노일 경사가 최선동을 바라보며 물었다.

최선동은 대답하지 않았다.

이노일 경사가 옆쪽의 형사에게 살짝 머리를 끄덕인 후 최선동의 옆에 앉았다.

불도 지피지 않은 담배를 물고 있는 최선동을 바라보던 이노일 경사가 최선동의 입에 물린 담배에 불을 지펴주었다.

최선동이 살짝 빨아 당기자 담배에 불이 붙었다.

이노일 경사가 잠시 최선동을 바라보다 입을 열었다.

"최은지 양이 남긴 편지의 여학생들을 대상으로 조사를 했습니다. 그 아이들은 최은지 양이 그런 선택을 한 것을 듣고 놀라더군요. 하지만 최은지 양이 남긴 내용은 극구 부인했습니다. 자신들은 그런 짓을 한 적이 없다고 하면서 말입니다."

최선동이 떨리는 손끝으로 입에 물린 담배를 손가락 사이에 끼워서 내렸다.

그의 손이 다시 파르르 떨리고 있었다.

잠시 자신의 손을 바라보던 최선동이 입을 열었다.

"그… 아이들이 부인을 했다고 하셨습니까?"

"물론입니다. 최은지 양이 명확한 증거라도 남겼다면 좋겠는데, 그게 그냥 편지에 적힌 내용뿐이어서 증거가 없는 한 그 아이들의 죄를 입증하기가 힘듭니다."

이노일 경사의 말에 최선동이 어금니를 꽉 깨물었다.

"…내 딸은 지금까지 살아오면서 단 한 번도… 거짓말을 한 적이 없소."

이노일 경사가 머리를 숙였다.

"…물론 그렇다고 해도 그게 증거를 대변할 수는 없는 것이니까요."

최선동이 물었다.

"그 악마 같은 아이들은 지금 학교에 있는 것이오?"

살짝 지친 것처럼 쉰 느낌이 드는 목소리가 그의 입에서 흘러나왔다.

이노일 경사가 머리를 끄덕였다.

"그렇습니다. 지금 학교에서도 최 사장님의 따님이 투신했다는 것이 알려져 한바탕 난리가 났어요."

최선동이 손끝으로 타고 들어가는 담배를 멍한 시선으로 바라보며 입을 열었다.

"경찰이 그 아이들을 단죄하지 못한다면 내가 그 아이들에게 단죄를 내릴 것입니다. 내 딸이 당한 그 고통보다 더 큰 고통을 그 아이들에게 내릴 생각이오."

최선동의 말에 이노일 경사가 이마를 찌푸렸다.

"그런 식으로 문제를 풀어서는 안 됩니다. 은지 양의 어머니도 생각하셔야지요. 또한 만약 그렇게 된다면 최 사장님이 크게 다치게 됩니다."

최선동이 입을 열었다.

"난……."

최선동이 이노일 경사를 바라보았다.

잠시 이노일 경사를 바라보던 최선동이 눈을 껌벅였다.

주르르르르륵―

최선동의 창백한 얼굴을 타고 눈물이 흘렀다.

이노일 경사가 살짝 당황한 듯 움칠했다.

볼을 타고 흐르는 눈물을 닦을 생각도 없는 최선동이 입을 열었다.

"난, 내 딸이 그 차갑고 딱딱한 아스팔트 위에 누워서 날 바라보던 눈빛을 잊을 수가 없소. 그리고 그때 이미 나도 죽은 것과 같습니다."

"최 사장님……!"

이노일 경사가 안타까운 얼굴로 최선동을 바라보았다.

최선동이 눈물을 흘리며 입을 열었다.

"이 세상의 아버지들은 딸이 죽는 순간 같이 죽는 겁니다. 내 딸이 그런 선택을 하게 만든 그 악마 같은 아이들에게도 똑같은 절망을 경험하게 해 줄 겁니다."

이노일 경사가 한숨을 불어냈다.

"물론 최 사장님의 지금의 심경은 잘 알고 있습니다. 하지만 세상을 떠난 은지 양도 아빠가 그런 선택을 하는 것은 바라지 않을 것입니다."

최선동이 머리를 흔들었다.

"돈을 원한다면 제가 가진 모든 재산을 줄 것입니다. 제 몸을 원한다면 평생 하인으로 살 수도 있습니다. 누구든 그 아이들에게 저의 딸이 당한 것을 똑같이 해 준다면 말이지요. 사람을 구하지 못하면 제가 할 겁니다. 아내도 제 말을 들어 줄 것입니다. 어쩌면 저의 아내가 그것을 더 원할지도 모르지요."

최선동의 말에 이노일 경사가 짧게 한숨을 쉬며 최선동을 바라보았다.

"…이런 말씀 드리기 참 난감하지만 은지 양이 편지에 써서

남겨놓은 아이들이 좀 건드리기가 난감한 아이들입니다."

이노일 경사의 말에 최선동이 이노일 경사를 바라보았다.

"뭐라고요?"

이노일 경사가 잠시 생각을 하다가 작심을 한 듯 입을 열었다.

"최은지 양의 편지에 언급되었던 유채영이라는 학생의 아버지가 누구신지 아십니까?"

최선동이 이노일 경사를 바라보았다.

이노일 경사가 입을 열었다.

"유정호. 이 이름을 들어보셨습니까?"

순간 최선동의 눈이 찌푸려졌다.

"무슨 뜻입니까?"

"함부로 건드릴 수 없는 사람이라는 뜻입니다. 전 영진그룹 총수로서 현재 야당인 세민당의 3선 의원입니다. 그 사람의 딸이 바로 은지 양이 편지에 남겨놓은 유채영이라는 아이의 아버집니다. 최 사장님이 그 아이를 건드리는 순간 최 사장님이 오히려 당할 수도 있단 뜻입니다."

최선동이 이를 악물었다.

"상관없소."

내뱉는 최선동의 목소리에는 힘이 빠져 있었다.

이노일 경사가 머리를 흔들었다.

"그뿐만 아닙니다. 김선혜라는 아이의 아버지는 유신대학

교 교수입니다. 또 김현아라는 아이의 조부는 청해 그룹의
임원이더군요. 그 외 다른 아이들의 배경도 결코 무시할 수
없는 배경입니다. 그러니 확실한 증거가 나오지 않는 이상
그 아이들을 어찌 할 방법이 없습니다."

최선동이 이를 악물었다.

"내 딸아이는 지금까지 세상을 살아오며 손찌검이나 욕도
한마디 해 본 적이 없었던 아입니다. 누군가에게 손찌검을
하면 당한 사람이 아프게 될 것이라고 하였고, 욕을 하면 듣
는 사람이 놀라고 힘들어 하게 될 것 같아서 욕을 하지 하지
도 않았어요. 아니, 욕이라는 것을 배워본 적도 없었던 아이
였습니다. 그런데 내가 지금까지 살아오면서 그렇게 무서운
저주가 담겨있는 글은 본적이 없습니다. 내 딸이 얼마나 그
아이들이 싫고 원망스러웠으면 욕조차 해보지 못한 아이가
그런 저주로 가득한 내용의 편지를 남겼겠습니까?"

이노일 경사가 난감한 얼굴로 최선동을 바라보았다.

최선동의 말대로 최은지가 투신하기 전에 적은 것으로 드
러난 편지에는 그야말로 읽는 사람의 오금이 저릴 정도의 저
주가 담겨 있었다.

하지만 그 편지의 내용만으로 유서의 내용에 적힌 아이들
을 처벌할 수는 없었다.

이노일 경사가 입을 열었다.

"최 사장님께는 눈에 넣어도 아프지 않은 은지 양이 그런

최악의 선택을 한 것에 대해 분하고 원통하시다는 것을 압니다. 하지만 증거가 없고 그 아이들이 스스로 실토를 하지 않는 한, 방법이 없습니다. 저희들도 계속 수사를 하겠지만 그때까지는 최 사장님께서도 분한 마음을 참고 견디셔야 합니다. 세상의 일이 마음먹은 대로 이루어지지 않는다는 것을 누구보다 잘 아시지 않습니까?"

이노일 경사의 말에 최선동이 이를 악물었다.

그 역시 이노일 경사의 말이 틀리지 않다는 것을 잘 알고 있었다.

하지만 딸이 너무나 원통하게 세상을 떠났는데 아무것도 하지 못하고 있다는 것이 너무나 서럽고 마음이 아팠다.

이노일 경사가 최선동의 마음을 알고 있다는 듯이 입을 열었다.

"최 사장님이 분한 마음을 풀 수 있는 방법은 있습니다."

최선동이 머리를 들어 이노일 경사를 바라보았다.

이노일 경사가 잠시 머뭇거렸다.

경찰의 입장으로 이런 방법을 알려주는 것이 옳지 않다는 것을 알고 있었지만, 그 역시 딸을 키우는 입장이었기에 최선동의 마음을 어느 정도 헤아린 것이었다.

이노일 경사가 입을 열었다.

"은지 양의 유서를 인터넷에 공개하고 사람들의 관심을 끄는 것입니다."

순간 최선동의 눈이 치켜떠졌다.

"딸의 유서를 공개한단 말입니까?"

"그렇습니다. 딸의 그 사무칠 정도로 분하고 슬픈 저주의 내용이 공개된다면 아마 사람들은 은지 양에게 그동안 어떤 일들이 벌어진 것인지 궁금해 할 것이니까요. 어쩌면 그 내용을 보고 증거도 나올 수 있을지 모릅니다."

"……."

최선동이 눈을 질끈 감았다.

아빠와 엄마가 자신 때문에 세상에 공개되는 것이 싫어서 슬픈 선택을 해야만 했던 딸이었다.

그런 딸의 유서를 세상에 공개한다면 딸의 죽음은 졸렬한 인간들의 온갖 상상의 재물이 될 수도 있을 것이라는 생각이 들었다.

하지만 딸의 죽음이 억울하지 않으려면 그런 선택도 틀린 방법은 아니었다.

최선동이 눈을 떴다.

그의 손끝에서 타고 있던 담배가지는 이미 필터만 남기고 재가 되어 있었다.

담배의 꽁초를 재떨이에 던져 넣은 최선동이 다시 담배를 꺼내어 입에 물었다.

이노일 경사가 재빨리 그의 담배에 불을 지폈다.

"…생각 좀 해보겠습니다."

최선동이 힘겹게 입을 열었다.

이노일 경사가 안도하는 표정으로 최선동을 바라보았다.

아버지로서 극단적인 방법까지 생각했던 최선동이었다.

그 역시 딸이 같은 일을 당한다면 최은지의 아버지인 최선동처럼 극단적인 선택을 택할 수도 있다는 생각이 들었다.

아버지로서의 심정은 같은 것이기 때문이었다.

이노일 경사와 최선동 그리고 이노일 경사를 따라온 형사가 소나기가 쏟아지는 장례식장의 앞쪽을 멍한 시선으로 바라보고 있었다.

같은 자리에 앉아 있었지만 서로가 생각은 다른 세 사람이었다.

쏴아아아아아.

굵은 소나기의 빗줄기가 장례식장의 앞쪽 아스팔트에 맞고 튀어 오르며 슬픈 물보라를 만들고 있었다.

최선동에게는 소나기가 아스팔트에 부딪치는 소리가 마치 딸의 슬픈 울음소리처럼 들려왔다.

* * *

탁탁탁—

우산을 쓴 한서영이 급하게 본관병동의 후문 쪽으로 달려나왔다.

우산을 쓰는 것을 모를 김동하가 하늘이 뚫린 것처럼 쏟아지는 소나기의 빗줄기를 온통 뒤집어 쓸 것이라고 생각했기 때문이었다.

눈치도 없이 점심시간을 전후해서 소나기가 쏟아지는 것이 한서영에게는 못마땅했다.

"멍청하게 또 이 비를 다 맞고 오는 거 아냐?"

아무리 전임의나 펠로우로 불리는 임상강사들에게 공식적으로 인정된 노비처럼 부릴 인턴이라고 해도, 식사시간만큼은 어느 정도 여유로운 시간을 가질 수 있었다.

그 때문에 김동하를 따로 만나도 눈치를 살펴야 할 이유는 없었다.

우산을 쓴 채 주차장으로 나온 한서영은 비가 쏟아져 내리는 주차장을 살폈다.

그녀의 눈에 주차장 한쪽에 우두커니 서 있는 김동하의 모습이 빗속에서도 선명하게 보였다.

한서영의 이마에 주름이 생겼다.

"저런 촌놈 같으니……."

탁탁탁―

한서영이 우산을 쓰고 김동하가 있는 곳으로 달려갔다.

이런 비가 쏟아지면 비를 피할 곳으로 몸을 숨길 일이지, 멍청하게 내리는 비를 몽땅 맞고 있는 김동하가 한심하다는 생각이 들었다.

주차장에는 막 병원으로 들어서는 외래환자들과 입원환자들의 방문하는 방문객 등이 우산을 쓰고 차에서 내리는 모습들이 보였다.

세영대학 병원은 대한민국에서도 최고의 대학 병원으로 알려진 곳이었다.

의료진의 실력이 출중하고 의료장비와 병상의 숫자도 일반대학 병원의 기준인 400병상을 넘어 근 1,000개에 가까운 병상을 확보하고 있는 곳이다.

또한 내, 외과를 포함하여 총 6개의 병동으로 이루어진 세영대학 병원은 진료를 위해 찾아오는 외래환자와 입원환자들로 늘 북적였다.

그 때문에 빗속에 서 있는 김동하의 모습은 단번에 사람들의 시선을 끌었다.

우산도 쓰지 않고 주차장에 서서 비를 맞고 있는 김동하의 모습은 정상적인 사람의 생각으로는 이해하기 힘들 것은 당연했다.

"바보! 여기서 뭐하는 거야? 이리로 들어와, 빨리!"

한서영이 재빨리 김동하의 머리 위로 우산을 씌우고 그의 곁으로 다가섰다.

순간 한서영의 얼굴이 굳어졌다.

"뭐야, 왜 안 젖었어?"

한서영은 김동하의 몸이 젖지 않았다는 것을 확인하고 입을 벌렸다.

김동하가 한서영을 보며 부드럽게 웃었다.

"서영 낭자 때문에 내가 진화를 만들었다는 것을 알게 되어 시험을 해 보는 중입니다."

"그게 무슨 말이야?"

김동하가 오른손을 우산 밖으로 내밀었다.

이내 그의 오른손에 무량기의 기운이 가득하게 퍼졌다.

순간 내리는 빗줄기가 김동하의 피부에서 약 반치(3cm)정도의 거리를 두고 튕겨져 나갔다.

한서영의 눈이 커졌다.

"뭐야, 왜 이래?"

김동하가 대답했다.

"무량기의 기운이 진화의 형상을 개화할 경지에 오르면 수화(水火)가 범접하지 못한다 하였습니다."

"뭐?"

"말 그대로 물과 불이 몸에 닿지 않는 거지요."

한서영이 눈을 껌벅였다.

"그러면 어제 그 사고 때는 왜 다친 거야? 이런 식으로 비조차 막아낼 수 있다면 살점이 떨어져 나갈 정도로 심하게 다치는 일은 없어야 정상이 아닌가?"

김동하가 머리를 긁적였다.

"그건 소생이 너무 서둘러 무량기의 기운을 완벽하게 끌어

올리지 못한 것이 아니었나 생각됩니다. 사람의 생명이 다급한 지라 그냥 빠르게 달리기만 한 것이 원인이었던 것 같습니다."

한서영이 멍한 표정으로 김동하를 바라보았다.

"내가 너 때문에 놀라야 할 일이 더 있어?"

김동하가 웃었다.

"앞으론 없을 것입니다."

"휴우… 누가 이런 일을 믿겠어?"

다른 사람들은 김동하가 빗속에 서 있었기 때문에 흠뻑 젖었을 것이라고 생각하고 있을 것이었다.

그때 억수처럼 퍼붓던 소나기가 거짓말처럼 그치기 시작했다.

말 그대로 진짜 소나기였다.

"비가 그치네?"

한서영이 눈을 깜박이며 허공을 바라보았다.

이미 서쪽 하늘 근방은 구름이 걷혀 햇살이 구름사이로 쏟아져 내리는 모습이 보였다.

한서영이 머리를 끄덕이며 쓰고 있던 우산을 걷었다.

김동하는 한서영이 사준 셔츠와 편한 청바지 차림이었다.

달라진 것이 있다면 한서영이 사준 신발을 처음으로 신고 있다는 것이지만, 한서영은 평범하지만 심플한 모습으로 병원을 찾아온 김동하가 대견하다는 생각이 들었다.

한서영이 입을 열었다.

"지금 당장 안치실로 갈 수는 없어. 안치실 방문자의 기록을 꼼꼼하게 기록하기도 하고, 또한 낮에는 안치실의 근무자와 당직자들이 많아서 힘들어. 검안을 위해 당직 의사들도 자주 오기도 하고."

김동하가 눈을 깜박이며 물었다.

"그럼 언제 방문할 수 있는 겁니까?"

한서영이 김동하를 바라보며 대답했다.

"밤에. 당직자가 퇴근하고 근무자가 바뀌면 그땐 가능할거야."

김동하가 나직하게 한숨을 불어냈다.

"어쩔 수 없군요."

한서영이 물었다.

"꼭 살려야 할 사람이야?"

김동하가 대답했다.

"슬프고 안타까운 인생을 살아오신 사람이었습니다. 자신의 살을 떼어 자식들에게 나누어 주고 자신은 슬픈 선택을 한 거지요. 그리고 이곳에서 처음으로 서영 낭자 외에 저와 가장 오랜 대화를 나눠주었던 사람이었습니다. 서영 낭자의 말대로 걸인의 모습이었던 저를 거북해 하거나 밀어내지도 않았었지요."

"그래?"

한서영이 머리를 갸웃했다.

김동하가 그런 한서영을 바라보며 부드럽게 웃었다.

"서영 낭자는 지금의 모습이 참으로 예쁩니다. 마치 잘 맞는 옷을 걸친 영리한 규수처럼 보입니다."

김동하의 칭찬이었다.

한순간 한서영의 눈이 커졌다.

"뭐라고?"

"서영 낭자께서 예쁘다는 말이었습니다."

순간 한서영의 얼굴이 살짝 붉어졌다.

자신을 보며 예쁘다고 말해주는 김동하의 말이 싫지 않았다.

아니, 오히려 한 번 더 듣고 싶다는 생각이 들었다.

하지만 그런 내색을 하기는 싫었다.

한서영이 살짝 얼굴을 붉힌 채 입을 열었다.

"뭐, 나야 어딜 가든 항상 그런 말을 듣긴 해."

한서영표 특유의 도도함이 김동하에게 처음으로 드러났다.

김동하가 피식 웃었다.

"그런데 당장 그곳에 갈수 없는 상황이라면 소생을 이쪽으로 부르실 필요가 없으셨을 텐데요?"

한서영이 머리를 흔들었다.

"네가 반드시 가지고 있어야 할 것이 있어서 사주려고 이곳에서 만나자고 한 거야."

김동하가 멍한 표정을 지었다.

"그게 무엇입니까?"

"휴대폰."

"휴대폰이라고 하신 것입니까?"

"그래."

"그게 뭔지 모르지만 그것을 왜 서영 낭자께서 사 주신다는 것인지요?"

김동하는 자신에게 과분할 정도의 배려를 해 주는 한서영의 의도가 궁금했다.

한서영의 미간이 좁혀졌다.

"너 돈 벌줄 알아?"

"아니… 그게."

김동하가 당황했다.

"내가 사는 아파트 말고 따로 갈 곳이 있어?"

"……."

"나 말고 너를 도와줄 사람이 있어?"

"……."

"너……."

따지듯 말을 하려던 한서영의 얼굴이 붉어졌다.

'너 나 말고 네 알몸을 본 사람이 있어?'

한서영이 방금 김동하에게 하려던 말이었다.

한서영이 머리를 흔들며 입을 열었다.

"어쨌든 한 공간에서 이상하게 엮여진 인연으로 함께 살게 되었으니까 필요한 것을 구해주겠단 말이야. 네가 어디에 있는지 뭘 하는지 그것도 알아야 할 것 같고."

약간 화가 난 얼굴로 말한 한서영이 힐끗 병원의 본관 병동을 바라보다가 몸을 돌렸다.

"따라와."

"서, 서영 낭자."

김동하가 난감한 얼굴로 한서영을 바라보았다.

하지만 한서영은 빠른 걸음으로 병원의 입구 쪽을 향해서 걸음을 옮겼다.

병원의 앞쪽에는 약국도 많지만 휴대폰을 파는 대리점도 지천이었다.

한서영은 김동하와 연락할 수단이 필요했고, 그것은 휴대폰이 필요하다는 결론으로 이어졌다.

김동하가 어쩔 수 없다는 듯이 한서영의 뒤를 따르기 시작했다.

비가 그친 세영대학 병원의 잔디에서 향긋하게 느껴지는 흙냄새가 퍼져나가는 정오 무렵이었다.

뉴스에서 언급한 대로 후텁지근했던 날씨는 한바탕 퍼부은 소나기로 인해서 선선하게 느껴질 정도였다.

"어? 저기 한서영 아닙니까?"

유상태가 본관 병동의 5층 휴게소에서 커피를 마시다 창 쪽으로 시선을 돌리다 김동하와 함께 병원의 정문 쪽으로 향하던 한서영을 발견했다.

한서영은 한눈에 알아볼 정도로 특징이 있었다.

바로 그녀의 키와 머리칼이었다.

170cm가 넘는 늘씬한 체구에 허리 중간까지 늘어진 긴 생머리는 멀리서 보더라도 뒷모습만으로 한서영임을 알아볼 수 있는 특징이었다.

세영대학 병원의 여자직원들 중 인턴이나 임상의를 포함하여 간호원들까지 모두 합친다 해도 한서영보다 키가 큰 여직원은 없었다.

유상태는 단번에 한서영을 알아보았다.

등을 보이고 걸어가고 있었지만 틀림없이 한서영이었다.

유상태의 말에 의자에 앉아서 신문을 뒤적이던 최태영이 머리를 들어올렸다.

"서영이라고?"

"예, 근데 어떤 남자랑 같이 걸어가는데요?"

"뭐?"

최태영이 놀란 얼굴로 벌떡 일어섰다.

그가 재빨리 유상태에게 다가갔다.

그 역시 단번에 한서영을 알아보았다.

뒷모습만으로 누군지 알 수 있는 여자는 이곳 세영대학 병원에서 한서영밖에 없을 것이다.

최태영의 눈이 커졌다.

은테의 안경 속에서 그의 눈이 반짝였다.

최태영의 눈이 한서영의 뒤를 바짝 붙어서 따라가는 김동하의 뒷모습으로 향했다.

헌칠하게 키가 크고 걸음걸이가 당당해 보이는 남자였다.

"…누구지?"

한서영에게 남자가 있다는 말은 들어본 적도 없었고, 한서영도 남자에 대해서 무관심하다는 것을 누구보다 잘 알고 있는 최태영이었다.

그때였다.

"혹시 한서영 선생이 어디에 있는지 알 수 있을까요?"

굵직한 남자의 목소리에 최태영과 유상태가 고개를 돌렸다.

그들의 눈에 깔끔한 정장을 걸친 30대 남자가 두 사람을 바라보고 있었다.

옷차림이 정갈하고 머리칼까지 단정하게 깎아서 무척이나 핸섬해 보이는 모습이었다.

유상태가 살짝 얼굴을 굳히며 물었다.

"누구십니까?"

유상태의 물음에 사내가 잠시 웃다가 품에서 한 장의 명함을 꺼내었다.

"동신그룹 기획조정실에서 근무하는 정인학 대리입니다."

사내가 내민 명함을 받아든 유상태가 명함을 바라보았다.

[동신그룹 기획조정실 대리 정인학]

명함의 상단에 동신그룹의 로고가 선명하게 박혀 있었기에 그가 동신그룹의 직원이라는 것은 금방 알 수 있었다.

최태영이 끼어들었다.

"한서영 선생은 왜 찾는 것입니까?"

최태영의 물음에 명함을 건넨 정인학 대리가 입을 열었다.

"아! 그분을 좀 뵙자는 분이 계셔서 모시러 왔습니다."

최태영이 이마를 살짝 찌푸렸다.

"어떤 분이신데 한서영 선생을 뵙자고 한 것인지 알 수 있을까요?"

최태영의 눈이 정인학 대리를 빤히 바라보았다.

정인학 대리가 잠시 망설이다가 입을 열었다.

"솔직히 말씀드리자면 저희 그룹의 기조실 실장님이 한서영 선생을 좀 만나 뵙길 원하고 계십니다."

"동신그룹의 기획조정 실장님이요?"

최태영의 놀란 눈이 정인학을 바라보았다.

정인학이 머리를 숙였다.

"예."

"그분이 무슨 일로……."

정인학이 살짝 하얀 이를 보이며 웃었다.

"한서영 선생이 저희 실장님을 진료하실 때의 친절하신 모습이 마음에 드셨다고 합니다. 그래서 잠시 차를 마시며 대화를 하시고 싶다고 하셨습니다."

최태영이 멍한 표정을 지었다.

"한서영이 언제 그분을 진료하셨다고……."

최태영은 한서영이 자신 몰래 누군가를 진료했다는 것을 믿을 수 없었다.

그리고 인턴 신분인 한서영이 누군가를 진료하는 일은 있을 수가 없는 일이었다.

정인학이 대답했다.

"아! 한서영 선생께서 얼마 전에 내과병동 특실인 1201호에서 저희 실장님의 혈관채혈을 하셨다고 하시더군요. 알아보니 어려운 채혈이고 환자가 고통을 많이 느낄 수 있는 채혈인데 한서영 선생께서 쉽고 아프지 않게 단번에 마쳐주셔서 감사하다고 하셨습니다."

정인학의 말을 듣는 순간 최태영의 눈이 질끈 감겼다.

자신이 한서영에게 골탕을 먹이기 위해서 지시한 ABGA(동맥혈 가스검사)를 위한 채혈이 머리에 떠올랐다.

최태영이 머리를 들어올렸다.

"그럼 그 1201호의 환자분이……."

최태영의 머릿속에 1201호 특실 입원 환자의 얼굴이 떠올랐다.

갸름한 얼굴에 조금은 날카롭게 생겼지만, 얼굴에 윤기가 흐르고 단정해 보이는 모습의 젊은 남자였다.

가벼운 복통으로 병원 응급실에 들어왔다가 종합검진을 받기 위해 특별히 입원한 케이스였다.

정인학이 머리를 숙였다.

"예! 그분이 저희 실장님이십니다. 오후에 퇴원을 하신다고 하시면서 퇴원하시기 전에 한서영 선생을 꼭 만나고 싶어 하십니다."

"그, 그렇군요."

1201호의 환자는 이미 채혈을 비롯해 모든 검사가 완료되어 있었다.

특별한 이유가 없으면 퇴원하는 것이 정상이었다.

검사의 결과는 입원하지 않아도 얼마든지 통보가 가능하기 때문이었다.

최태영은 자신이 한서영에게 골탕을 먹이기 위해 ABGA 검사를 시킨 것이 엄청난 실수라는 생각이 들었다.

비록 자신이 이곳 세영대학 병원의 레지던트 3년차의 신분이지만 동신그룹의 기획조정 실장이라는 신분에 비할 수는 없는 일이었다.

특히 동신그룹이라면 대한민국의 재계 서열 10위권에 드는 대기업이었고, 건실한 재무구조와 탄탄한 계열사를 보유한 그야말로 대한민국 최상위의 기업이었다.

멈칫거리는 최태영을 대신해서 유상태가 대답했다.

"지금 한서영 선생은 외출중이십니다."

"아, 그렇습니까? 그럼 언제 병원으로 돌아오시는지요?"

유상태가 힐끗 최태영을 바라보다가 입을 열었다.

"한서영 선생은 지금 저희 의대본과 4학년생들이 진행하고 있는 컨퍼런스에 교수님과 함께 참가하고 있습니다. 그게 언제 끝날지 몰라서 복귀시간은 정확하게 알지 못합니다. 하지만 돌아오면 말씀드리지요."

유상태는 있지도 않은 본과 4학년 컨퍼런스라는 핑계를 둘러대고 있었다.

최태영이 힐끗 유상태를 바라보았다.

자신을 돕기 위해 유상태가 거짓말을 하고 있다는 것을 알아차린 것이었다.

정인학이 살짝 얼굴을 찌푸렸다.

"그것 참……."

잠시 망설이던 정인학이 유상태를 보며 물었다.

"그럼 혹시 한서영 선생의 전화번호를 좀 알 수가 있을까요?"

이번에는 최태영이 끼어들었다.

"그게 본인의 의사도 묻지 않고 함부로 의료진의 신상정보를 외부에 알리는 것은 금지사항이라서요. 특히 한서영 선생은 여성이라서 곤란합니다."

정인학이 머리를 끄덕였다.

"알겠습니다. 돌아가서 그렇게 말씀드리는 수밖엔 없군요. 하지만 나중에라도 한서영 선생께서 돌아오시면 이 명함을 전해 주시면 고맙겠습니다."

정인학이 다시 한 장의 명함을 건네주었다.

역시 자신의 이름이 찍힌 명함이었다.

최태영이 정인학의 명함을 받아 들었다.

"한 선생이 돌아오면 전해드리도록 하지요."

"그럼 실례했습니다."

정인학이 정중하게 인사를 하고 돌아섰다.

복도를 뚜벅뚜벅 걸어가는 정인학의 걸음걸이는 단정했고, 한 치의 흐트러짐도 보이지 않았다.

그의 등을 최태영과 유상태가 멍한 얼굴로 바라봤다.

유상태가 중얼거렸다.

"그 동신그룹의 기획조정 실장이라는 분이 한서영이 마음에 들었나 봅니다, 선배님."

최태영이 이를 살짝 악물었다.

"그냥 넌 모르는 체 입 닫고 있어."

"예!"

108

최태영의 눈이 번득이고 있었다.

그러다 생각난 듯 머리를 창문 쪽으로 급하게 돌렸다.

하지만 어디에도 한서영의 모습은 보이지 않았다.

유상태도 이리저리 시선을 옮기며 한서영의 모습을 찾았지만, 이미 한서영은 병원의 정문에서 사라진 이후였다.

"어딜 간 거지?"

점심식사 시간이었기에 잠시 병원을 벗어나는 것은 상관없었다.

하지만 한서영이 이런 식으로 병원을 떠난 것은 처음이었다.

더구나 누군지 알 수 없는 건장한 사내와 함께 병원을 나선 건, 한서영이라는 여자를 알고 있는 사람이라면 무척이나 놀랄만한 일이었다.

조선남자

朝鮮男子

-천능의 주인-

나쁜 꽃

"니미럴… 오늘도 파리랑 놀아야 하나?"

근래 들어서 손님이 마치 작정을 한 듯 발길을 뚝 끊은 듯한 느낌이 들 정도로 장사가 되지 않았다.

GQ통신 동작지구 12호 대리점.

세영대학 병원과 마주보고 있는 대리점이었고 위치도 좋은 곳이었지만, 며칠째 눈에 띌 정도로 매상이 줄어들어 있었다.

김상열이 마른 수건으로 투명한 유리 진열장을 닦았다.

가지런하게 진열된 휴대폰들이 나름 매력적인 디자인을 뽐내며 진열되어 있었다.

다른 직원인 이성한은 안쪽에 앉아 컴퓨터를 바라보고 있는 중이었다.

한가한 시간이었고 좀 전까지 하늘에 구멍이 뚫린 듯 쏟아져 내리던 소나기도 그쳤다.

비가 온 탓인지 거리를 오가는 행인들의 숫자도 확실하게 줄어든 모습이었다.

진열장을 닦던 그가 팔을 턱에 괴고 거리를 바라보았다.

그의 머릿속에 이런 날은 파전에 막걸리 한잔 걸치면 제격일 것이라는 한가한 생각이 들었다.

그때였다.

스르르륵—

자동으로 열리는 출입문이 열리면서 두 명의 남녀가 안으로 들어섰다.

김상열이 급하게 몸을 바로 세우며 입을 열었다.

"어서 오세요."

말을 하던 김상열이 안으로 들어서는 두 사람을 바라보며 눈을 동그랗게 떴다.

안쪽에서 컴퓨터를 보고 있던 이성한도 놀란 얼굴로 방금 들어온 두 남녀를 바라봤다.

그야말로 입이 벌어질 정도로 아름다운 여자와 남자가 보아도 탄성이 터질 정도로 잘생긴 젊은 청년 커플이었다.

더구나 여자가 입고 있는 옷은 가게의 맞은편에 위치한 세

영대학 병원의 의사들이 입고 있는 가운이었다.

　김상열은 눈앞의 하얀 가운을 걸친 여의사처럼 아름다운 의사는 처음이었다.

　휴대폰 가게를 하면서 수없이 많은 손님을 만났고 온갖 치장을 하고 가게를 찾아온 미녀들도 눈앞의 아름다운 의사와는 비교를 할 수가 없을 것이라는 생각이 들 정도였다.

　또한 여의사의 등 뒤에 서서 호기심 어린 눈으로 이곳저곳을 살피는 젊은 사내는 눈앞의 아름다운 여의사와 너무나 잘 어울리는 모습이었다.

　마치 텔레비전에서 보던 드라마 속의 남자 주인공이 눈앞에 서 있는 것 같은 느낌이었다.

　한서영은 김동하와 휴대폰 가게로 들어서면서 어떤 휴대폰이 어울릴지 생각했다가 자신이 사용하는 것과 같은 것을 사기로 결정했다.

　사용방법도 자신이 잘 알고 있었고, 어떤 기능이 있는지도 이미 알고 있었기에 김동하에게 설명하기도 쉬울 것이라고 판단한 것이었다.

　한서영이 진열장의 앞에서 굳은 얼굴로 서 있는 가게의 주인을 바라보았다.

　"휴대폰 하나를 새로 개통하고 싶어요."

　한서영의 말에 김상열이 급하게 정신을 차린 듯 머리를 숙였다.

"아, 알겠습니다. 어떤 모델을 원하시는지요? 요즘 새로 나온 이진전자의 K6 모델이 유행인데 그것을 보여드릴까요?"

한서영이 머리를 흔들었다.

"아뇨, 이걸로 해 주세요."

한서영은 자신의 가운 속에 들어 있는 휴대폰을 꺼내어 진열장에 올려놓았다.

김상열이 한서영이 사용하는 휴대폰을 바라보았다.

최신형 폰이 아닌 10개월 정도 지난 화영전자의 모델인 QHS4 라는 모델이었다.

최신기능인 메모 기능과 원격 사진 촬영 같은 기능은 없었지만, 나름 통화품질과 사용방법이 쉬워서 한때 제법 히트를 친 물건이라고 할 수가 있었다.

"이걸로 하시겠습니까?"

한서영이 머리를 끄덕였다.

"네, 같은 걸로 새로 개통해 주세요."

"알겠습니다."

김상열이 고개를 돌려, 가게 안의 한쪽에 마련된 창고로 들어갔다.

일단 기기가 남아 있는지 재고부터 확인해야 했다.

하지만 이내 돌아 나왔다.

"죄송합니다, 손님! 기기의 재고가 떨어졌는데 잠시만 기

다려 주세요."

김상열이 머리를 돌려 직원인 이성한을 보며 입을 열었다.

"야! 성한아, 우성에 전화해서 화영전자 QHS4 재고 있는지 알아봐."

이성한이 바로 대답했다.

"예!"

이성한이 휴대폰을 들고 어디론가 전화를 했다.

잠시 대화를 하던 이성한이 김상열을 바라보며 입을 열었다.

"백색이 한 대 남았다고 하는데요?"

이성한의 말을 들은 김상열이 한서영을 바라보았다.

"한 대가 있는데 이것과는 달리 백색입니다. 그것으로 하시겠습니까?"

한서영이 눈을 깜박였다.

자신의 휴대폰은 검은색이었고, 김동하에게 사주려는 것은 하얀색이었다.

마치 일부러 커플 폰으로 맞추는 것 같은 느낌이 들었다.

하지만 휴대폰의 색깔은 중요하지 않다고 생각했다.

"상관없어요, 그걸로 주세요."

"알겠습니다."

김상열이 머리를 돌려 이성한을 보며 말했다.

"그거 이쪽으로 보내라고 해."

"예!"

이성한이 다시 통화를 하고 전화를 끊었다.

"보낸답니다."

"알았어."

휴대폰의 재고가 없을 때는 다른 대리점의 휴대폰 재고를 가져올 수도 있었다.

김상열이 한서영을 보며 입을 열었다.

"죄송하지만 기계가 도착하려면 10분 정도 걸릴 것 같습니다. 그전에 신규로 개통해야 하니까 계약서를 작성해주세요."

한서영이 고개를 끄덕였다.

"네, 이리 주세요."

김상열이 주섬주섬 신규개통에 필요한 계약서를 꺼내, 한서영에게 요금제와 약정에 필요한 것을 설명했다.

김동하는 한서영이 데려온 휴대폰의 대리점 모습이 신기한지 연신 두리번거렸다.

투명한 유리 진열장의 안에 예쁘장하게 놓여 있는 휴대폰들의 모습도 신기했고, 휴대폰을 들고 예쁘게 웃는 아름다운 처자의 모습이 담긴 벽에 붙어있는 사진도 신기했고, 아름다운 자연의 모습이 찍힌 포스터도 신기했다.

헌칠한 겉모습만 아니라면 영락없이 서울 구경을 온 촌놈의 모습처럼 어색했다.

한서영은 김상열이 건넨 계약서를 꼼꼼하게 체크하며 작성란을 기입했다.

이내 계약서의 작성이 끝나자 김상열이 머리를 돌려 이성한에게 개통번호를 추출할 것을 지시했다.

개통번호는 구매자가 임의로 선택할 수도 있었다.

잠시 눈을 깜박이던 한서영이 입을 열었다.

"뒷 번호를 4279에 맞춰줄 수 있나요?"

4279는 한서영의 번호였다.

김상열이 머리를 끄덕였다.

"물론입니다. 야! 성한아 4279로 조회해."

"예!"

이성한이 대답했다.

한서영은 외우기 쉬운 번호를 하기 위해서였지만, 결국 어쩔 수없이 김동하와 커플 폰이 되고 말았다는 생각에 피식 웃었다.

그때였다.

스르르르르륵—

다시 대리점의 문이 열리며 몇 명의 어린 여학생들이 대리점의 안으로 들어섰다.

모두가 교복을 입은 여학생들이었으나, 학생답지 않게 얼굴에 화장을 한 느낌이 들었다.

"야, 채영아. 진짜 휴대폰 버릴 거니?"

같이 대리점으로 들어온 여학생이 물었다.

채영이라 불린 여학생이 뒤를 돌아보았다.

"바보야! 은지 그 계집애랑 문자하고 통화한 내역이 다 있는데 그걸 그냥 가지고 있어? 너도 버리고 새로 사!"

채영이라는 여학생의 말에 다른 여학생이 눈썹을 찌푸렸다.

"아이 씨~ 성훈이랑 찍은 사진도 있고 새로 산지도 얼마 되지 않았는데……."

다른 여학생이 종알거렸다.

"은지 그게 미친 짓 하는 바람에 이게 뭐야?"

"어쩔 수 없지 뭐… 채영이 말대로 할 수밖에."

여학생들이 뭐가 그렇게 아쉬운지 불만스런 표정으로 중얼거렸다.

김선혜는 유채영의 말대로 휴대폰을 버리기로 결정했으면서도 화가 난 듯 종알거렸다.

"은지 그 미친년 때문에 우리만 곤란하게 됐어."

다른 여학생도 끼어들었다.

"죽으려면 혼자 아무도 모르는 곳에 가서 몰래 죽지 아파트에서 뛰어내릴지 누가 알았겠어?"

"우리 엄마랑 아빠는 나한테 계속 은지한테 그런 게 사실이냐고 캐물어. 귀찮아 죽을 뻔 했어."

"쿡쿡… 난 무지 웃기더라. 집으로 형사가 찾아오니까 우

리 엄마가 놀란 표정을 짓던 얼굴이 아직도 생생해.”

여학생들은 저희들끼리 쑥덕였다.

한편 김동하는 여학생들이 들어오는 순간 자신의 무량기가 살짝 흔들리는 것을 느꼈다.

무량기는 자연에서 만들어진 가장 순수한 기운을 끌어 모아 만들어진 자연지기의 결정이다.

그런 자연지기의 기운은 사악한 것은 밀어내고, 나쁘고 더러운 것은 솎아내어 정화하거나, 아니면 태워서 소멸시킨다.

김동하는 지금 자신의 무량기가 무언가에 흔들리고 있다는 것을 느끼며 얼굴을 굳혔다.

김동하의 시선이 한쪽을 바라보았다.

바로 여학생들이 모여 있는 곳이었다.

김동하의 눈에 얼굴에 화장을 한 듯한 여학생의 얼굴이 들어왔다.

유채영.

여학생의 가슴에 걸린 이름표에 적혀 있는 이름이었다.

목덜미까지 내려온 머리칼에 콧날이 오똑하며 눈이 큰 예쁘장한 여학생이었다.

키는 165cm 정도이며 일부러 그런 듯 교복이 마치 몸에 들러붙은 듯 개조되어 있는 모습이었다.

김동하는 유채영을 보는 순간 자신의 무량기가 단단히 뭉쳐지는 것을 느꼈다.

그것은 무량기가 저절로 방어의 자세를 보이는 것이었다.

한편 유채영이라는 이름표를 가슴에 달고 있는 여학생은 김동하가 자신을 바라보자 눈을 깜박이며 김동하를 마주 보았다.

180cm가 넘는 건장한 사내였고, 한눈에 보아도 놀랄 만큼 잘생긴 남자였다.

유채영의 눈이 깜박였다.

그때 다른 여학생이 유채영을 바라보며 물었다.

"야! 채영아, 정말 너희 어머니 오시는 거지?"

가슴에 김선혜라는 이름표가 달린 여학생이다.

유채영이 머리를 돌렸다.

"응? 뭐라고?"

유채영은 김동하의 잘생긴 얼굴에 잠시 정신이 팔렸다가 친구 김선혜의 부름에 머리를 돌렸다.

자신도 모르게 살짝 달아오른 얼굴이었다.

잘생긴 사내를 보자 심장이 두근거린 유채영이었다.

김선혜가 유채영을 보며 얼굴을 찌푸렸다.

"무슨 생각을 하는 거야? 너네 엄마 오시는 거 확실하지?"

유채영이 머리를 끄덕였다.

"그래. 1시까지 오신다고 했으니 곧 도착하실 거야. 은지 엄마하고 아빠한테 우리랑 상관없이 죽은 거라고 확실하게

말씀하신다 했어. 한 번만 더 있지도 않은 문제 들쑤셔서 집이나 학교에 경찰이 찾아와서 우릴 괴롭히고 시끄럽게 굴면 가만 두지 않을 거라고. 경찰도 아빠가 말씀해 놓으신다고 하셨으니 더 이상 찾아오지 않을 거야."

김선혜가 웃었다.

"호호! 너네 아빠가 국회의원이라는 게 이렇게 좋을 줄은 몰랐다, 야."

가슴에 박선미라는 이름표가 달린 여학생도 웃었다.

"채영이가 우리 리더인 이유가 있지. 학교에서도 우릴 마음대로 건드리지 못할 정도잖아."

"맞아."

여학생들이 다시 서로의 얼굴을 맞대고 웃으며 속닥거렸다.

김동하는 여학생들에게서 느껴지는 기분 나쁜 기운에 무량기가 뭉쳐지는 것을 굳은 표정으로 관조하고 있었다.

그때 대리점 직원인 이성한이 앞쪽으로 나왔다.

"학생들 뭘 도와줄까?"

이성한의 말에 여학생들이 이성한이 있는 곳으로 향했다.

"휴대폰 새로 개통할 거예요."

"우리 모두가 새로 휴대폰 바꿀 건데 싸게 안 되나요?"

여학생들 특유의 재잘거림이 매장에 울려 퍼졌다.

김동하의 곁을 스쳐가는 유채영이 힐끗 김동하를 올려다보

앉다.

김동하는 자신의 몸속에서 뭉쳐지고 있는 무량기의 움직임을 살피고 있었기에, 유채영이 자신을 보고 있다는 것을 모르고 있었다.

유채영은 잘생긴 김동하의 얼굴을 보며 가슴이 콩닥거렸다.

지금 눈앞에 있는 김동하는 그야말로 꿈속에서 백마를 타고 나타난 왕자 같은 느낌이었다.

그때였다.

가게 안으로 오토바이의 헬멧을 쓴 남자가 급하게 들어와 한서영의 계약서 작성을 도와주고 있던 김상열의 앞에 작은 종이백을 놓아두고 나갔다.

김상열은 이미 알고 있는 듯 그것을 재빨리 풀었다.

"휴대폰이 도착했네요."

김상열의 말에 한서영이 뒤를 돌아보았다.

김동하가 약간 머리를 숙인 채 무언가를 생각하는 듯이 서 있는 모습이 보였다.

한서영의 미간이 좁혀졌다.

"뭐하니?"

한서영의 말에 김동하가 놀란 듯이 얼굴을 들었다.

순간 김동하와 스쳐가던 유채영의 시선이 살짝 마주쳤다.

후웅—

김동하의 몸속에 있던 무량기가 출렁하며 움직이는 느낌이 들었다.

　한편 김동하의 얼굴을 살피며 스쳐가던 유채영의 얼굴이 굳어졌다.

　온몸을 저릴 듯 서늘한 기운이 느껴지며 자신도 모르게 몸에서 소름이 돋았다.

　"…어?"

　유채영의 큰 눈이 껌벅였다.

　그때 그녀의 귀로 한서영의 목소리가 들렸다.

　"이리 와봐."

　유채영이 머리를 돌리자 하얀 가운을 입은 젊은 여자가 좀 전까지 자신이 훔쳐보던 남자를 부르는 것이 보였다.

　김동하가 한서영을 바라보았다.

　"예?"

　"이리 와보라니까."

　한서영의 말에 김동하가 한서영의 곁으로 다가섰다.

　한서영은 매장 직원이 종이 가방 속에서 풀어내는 것을 손으로 가리키며 입을 열었다.

　"앞으로 이걸 사용하면 돼. 네 거야."

　김동하가 물었다.

　"서영 낭자가 사용하는 것과 같은 것입니까?"

　"응. 잃어버리지 않게 조심해서 사용해."

한서영이 반짝이는 시선으로 김동하를 바라보았다.

김동하가 뒷머리를 긁었다.

"소생은 어찌 사용하는 것인지 알지 못합니다."

김동하의 말에 휴대폰의 박스를 개봉하던 김상열이 살짝 놀란 얼굴로 김동하를 바라보았다.

생긴 모습은 같은 남자도 반할 정도로 준수한 모습인데 휴대폰을 사용하는 방법을 모른다는 것이 이상하게 들렸기 때문이다.

더구나 김동하가 사용하는 말투는 일반적으로 사용하는 말투가 아니었다.

한서영이 힐끗 김상열의 눈치를 살피다 입을 열었다.

"내가 가르쳐 줄 테니 걱정하지 마. 그리고 그런 말투 쓰지 말라고 했지? 드라마 대본 읽는다고 몰두하는 것은 알겠는데 실제로 그런 말투를 쓰면 어떡해?"

한서영이 살짝 주변의 눈치를 살피며 둘러댔다.

김동하의 표정이 멍청해졌다.

"예?"

"시끄러. 이리와."

한서영이 재빨리 김동하의 손을 잡고 자신의 옆자리에 놓여진 의자에 앉혔다.

유채영은 김동하와 대화를 하고 있는 한서영을 보며 입을 벌렸다.

하얀 가운을 입고 긴 머리칼을 등으로 늘어트리고 있는 한서영의 모습은 상상만 하던 훗날 자신의 모습 같았다.

너무나 아름다운 얼굴과 약간은 도도해 보이는 듯한 표정, 그리고 전신에서 느껴지는 영문을 알 수가 없는 품위까지. 그야말로 완벽한 여자라는 생각이 들었다.

더구나 입고 있는 가운은 대리점 앞의 세영대학 병원의 의사 가운이다.

목에 세영대학 병원의 직원 신분을 증명하는 명패까지 걸려 있는 한서영의 모습은 그야말로 같은 여자들도 선망하는 커리어 우먼의 전형적인 모습처럼 보였다.

한서영이 김동하의 손을 잡아끄는 것을 본 유채영의 눈빛이 갑자기 싸늘해졌다.

참을 수 없는 질투심이 일어난 것이었다.

자신이 가지지 못한 것을 가지고 있다는 것과 자신과는 다른 세상에서 살고 있는 존재를 본 것에 대한 박탈감이 그녀의 질투심을 자극한 것이었다.

"흥! 꼴에 화장은 떡칠하고……."

한서영은 절대로 화장을 하지 않았다.

세수 뒤에 간단하게 여성용 로션만 바르는 한서영이었지만, 기본적으로 예쁜 한서영의 얼굴이 화장을 한 것처럼 보일 뿐이었다.

한서영이 살짝 놀란 얼굴로 유채영 쪽으로 고개를 돌리자,

자신을 쏘아보는 시선과 마주쳤다.

유채영은 한서영과 시선이 마주치자 빈정거리듯 중얼거리며 고개를 돌렸다.

"귓구멍은 밝아가지고… 아이, 재수 없어. 요즘 대학 병원 의사는 얼굴보고 뽑나? 그것도 순 화장 빨인데."

한서영이 눈을 껌벅였다.

생전 처음 보는 어린 여학생이 자신을 쏘아보며 재수 없다는 말을 하자, 한순간 이해가 되지 않았다.

"얘! 방금 나한테 그런 거니?"

한서영의 말에 유채영이 모르는 채 친구들과 휴대폰 상담을 하는 척을 했다.

한서영은 입술을 잘근 깨물었다.

남자도 울고 갈 정도로 한 성질 하는 한서영이었다.

한서영의 눈썹이 살짝 올라갔다.

영문도 모르고 어린 여학생에게 빈정거림을 당하고 그냥 흘려버릴 한서영이 아니었다.

"얘! 너 누구니? 날 아니?"

유채영이 머리를 돌려 한서영을 바라보았다.

"내가 아줌마를 어떻게 알아요?"

한서영의 눈이 커졌다.

"아줌마?"

유채영의 옆에서 휴대폰을 고르던 여학생들이 그제야 한

서영과 친구인 유채영이 서로 묘한 대화를 하고 있다는 것을 눈치챈 듯 머리를 돌려 두 사람을 바라보았다.

유채영의 친구 김선혜가 물었다.

"누구야?"

유채영이 머리를 흔들었다.

"몰라. 재수 없게 생겼어. 꼴에 의사인가 봐."

"뭐?"

김선혜는 유채영이 한서영을 상대로 까칠하게 굴자 놀란 얼굴로 한서영과 유채영을 번갈아 바라보았다.

그러다 한서영의 뒤에서 물끄러미 이쪽을 바라보고 있는 김동하를 발견했다.

김선혜도 놀랄 정도로 잘생긴 얼굴을 가진 사내였다.

순간 김선혜는 유채영이 왜 이런 식의 태도를 보이는지 빠르게 이해했다.

어려서부터 자신이 가지고 있지 않은 것을 가진 사람을 보면 참지 못했고, 자신보다 예쁜 얼굴을 가진 여자는 반드시 괴롭혀 주어야 분이 풀렸다.

자살한 최은지도 그 때문에 유채영과 유채영의 패거리들에게 괴롭힘을 당한 것이었다.

한서영은 기가 막혔다.

자신의 막내 동생인 한지은 또래의 여학생이 자신에게 막말을 하는 것이·이해가 되지 않았다.

그때였다.

"그냥 두십시오, 서영 낭자."

나직한 김동하의 말이었다.

한서영이 놀란 얼굴로 머리를 돌렸다.

"뭐?"

김동하가 한서영의 귀에 대고 속삭이듯 입을 열었다.

"무슨 이유에서인지 모르나 저 어린 처자의 심중에 사기(邪氣)가 가득합니다. 화, 열, 온사가 저 어린 처자의 기분(氣分)에 침습하여 맥이 빠르고 화열이 영혈에 가득하여 혈을 손상하였습니다. 오래두면 혈맥이 막히고, 기혈의 순행이 난잡해져 육혈과 토혈의 증상을 보이겠지요. 서둘러 화열을 다스리지 않으면 저 어린 처자는 참으로 참담한 고역을 겪게 될 것입니다."

한서영은 김동하가 하는 말이 무슨 말인지 알 수가 없었다.

하지만 김동하는 천공불진으로 인해서 이곳으로 오기 전 인왕산의 암자에서 아버지가 건네준 모든 의서의 내용을 전부 기억하고 있었다.

더구나 지금은 무량기의 경지가 사부도 상상하지 못할 정도로 깊어져 맥혈을 잡고 진맥을 하지 않아도 상대의 기혈을 살필 수 있을 정도였다.

유채영과 잠시 스치면서 자신의 무량기가 진동하였고, 그것으로 유채영의 심맥을 살펴본 것이었다.

유채영은 김동하가 한서영에게 속삭이듯 말을 하자 이마를 찌푸렸다.

"쳇! 재수 없어."

김동하가 한서영에게 하는 태도로 보아 둘의 사이가 보통이 아니라는 것을 느낀 것인지 유채영의 얼굴에 심술이 가득했다.

한서영은 어린 여학생과 다투다가 김동하가 자신에게 하는 말을 듣고 놀란 표정을 지었다.

한서영이 물었다.

"그게 무슨 말이야?"

김동하가 빙긋 웃으며 말했다.

"다투지 않아도 저 어린 처자는 곧 힘든 상황을 겪게 될 것이라는 뜻입니다."

"힘든 상황?"

"어린 처자의 몸속에 채워진 사기가 화열로 바뀌어 곧 저 어린 처자를 괴롭힐 것입니다."

한서영이 멍한 시선으로 김동하를 바라보았다.

"의술을 알고 있는 거니?"

김동하가 대답했다.

"소생의 아버지가 어의라고 하지 않았습니까? 의술에 흥미를 느껴 아버지에게 청하여 의서를 읽었습니다. 더구나 산사에서 수련하며 산에서 만난 짐승들의 혈과 맥을 살피는 것

을 즐겨하였으니, 그리 자랑할 만하지도 않겠지만 모자라지
도 않을 것입니다."

한서영의 눈이 깜박였다.

한순간 한서영의 머릿속에서 선배인 최태영과 유상태가 나
누었던 대화가 떠올랐다.

최태영과 유상태가 술집에서 김동하를 만났을 때 위급한
상태의 임산부를 보며 중극과 수도 같은 한의학 용어를 말했
다고 했었다.

김동하가 신비한 능력이 있다는 것은 알았지만, 의술까지
익히고 있다는 말에 새로운 시각으로 보였다.

한서영이 머리를 돌려 유채영을 바라보았지만, 유채영은
이쪽으로 시선도 주지 않고 새로 산 휴대폰을 살펴보고 있었
다.

한서영이 잠시 유채영을 바라보다가 고개를 흔들며 시선을
옮겼다.

어린 여학생과 말싸움을 한다는 것 자체가 어쩌면 창피한
일이라고 생각한 것이다.

김동하의 표정은 담담했다.

한서영이 자신의 말을 들어준 것이 고마운 표정이었다.

그때였다.

"자! 다 되었습니다."

김상열이 한서영에게 하얀색의 휴대폰을 넘겨주었다.

한서영이 휴대폰을 받아들었다.

자신의 휴대폰과 똑같은 것이었기에 손에 들리는 느낌도 가볍다는 생각이 들었다.

휴대폰을 넘겨준 김상열이 입을 열었다.

"5분 정도 후면 개통을 알리는 문자가 올 겁니다. 그때부터 사용하시면 됩니다."

한서영이 머리를 끄덕였다.

"고마워요."

"하하! 저희 대리점을 이용해 주신 것이니 제가 더 고마워해야지요. 언제든 필요한 것이 있으시면 방문해 주시길 바랍니다."

"그럴게요."

한서영이 자리에서 일어서자 김동하도 자리에서 일어섰다.

한서영이 김동하의 손에 휴대폰을 넘겨주었다.

"이제부터 네 거야."

김동하는 한서영이 넘겨주는 휴대폰을 받으며 묘한 감상에 빠졌다.

한서영이 마치 자신을 친 혈육처럼 보살펴 주고 있다는 것을 느낀 것이다.

한서영과 김동하가 나란히 대리점을 나섰다.

김동하와 한서영이 대리점을 나서는 것을 유채영이 고개를 돌려 한동안 바라봤다.

그녀의 눈동자에 다시 표독한 기운이 살짝 떠올랐지만, 유
채영은 이내 고개를 돌렸다.

* * *

"전화가 올 때는 이렇게 이 초록색 버튼을 누르고 나서 받
으면 되는 거야."

한서영이 김동하와 함께 다시 병원으로 걸음을 옮기면서
새로 산 휴대폰의 사용법을 알려주었다.

김동하는 한서영이 설명하는 것을 귀담아 들으면서 지금의
시절은 참으로 편리한 삶을 살고 있다는 것을 실감했다.

사진을 찍는 것과 문자를 보내는 방법을 비롯해 휴대폰의
여러 기능들을 모두 기억했다.

한서영과 김동하는 다시 병원의 주차장으로 돌아왔다.

짧은 점심시간을 이용해 휴대폰을 사온 덕분에 한서영은
꼬박 점심을 굶어야 했다.

살짝 허기를 느낀 한서영이 병원 내의 매점으로 가서 두 개
의 음료수를 사왔다.

처음에는 커피를 사려고 했지만 김동하에게 커피는 생소한
음료였기에 자신은 커피를 사고 김동하의 몫으로는 캔에 담
긴 식혜를 사왔다.

이내 두 사람이 주차장의 한쪽에 마련되어 있는 벤치로 걸어갔다.

비가 내린 후의 주차장 벤치는 물기가 젖어 있었기에 앉을 수 없어서 결국 본관 병동의 뒤쪽 병동으로 이동했다.

뒤쪽의 병동은 영안실이 인접한 곳이었다.

한서영도 이곳에서 나오다가 김동하를 만나게 된 것이었다.

본관 병동의 뒤쪽은 세영대학 병원의 영안실과 장례식장과 가까운 곳이었고, 장례식장을 방문하는 사람들을 위해 앉을 수 있는 의자들이 놓여 있었다.

한서영은 이곳에서 김동하가 집으로 돌아갈 때까지 앉아 있을 생각이었다.

본관의 병동으로 돌아가면 최태영과 유상태가 귀찮게 할 것 같았기 때문이었다.

"여기 앉아."

"예!"

한서영이 비어 있는 벤치를 손으로 가리키자 김동하가 머리를 끄덕였다.

이내 두 사람이 벤치에 앉았다.

캔 커피를 따면서 한서영이 물었다.

"이제 뭘 할 작정이야?"

"예?"

김동하가 한서영을 바라보았다.

한서영이 김동하의 얼굴을 빤히 바라보며 입을 열었다.

"이곳에서 살아가는 모든 사람들은 아무도 거저 살아가는 사람은 없어. 즉, 일을 한다는 말이지."

나직하게 말하던 한서영이 캔 커피를 입으로 가져갔다.

김동하는 자신의 손에 들린 차가운 캔 식혜를 내려다보았다.

노랑색의 캔 식혜는 예전에 자신이 본가에서 마시던 식혜와 같은 사진이 찍혀 있었다.

"이건 무엇입니까?"

한서영은 김동하에게 식혜를 넘겨주며 어떻게 먹는 것인지 설명도 하지 않았다는 것을 느끼며 혀를 찼다.

"쯧! 애 하나 키우는 것과 같네."

김동하의 눈이 껌벅였다.

딸칵—

한서영이 캔 식혜의 고리를 잡고 입구를 따서 김동하에게 건넸다.

"이제 마셔봐."

한서영의 말에 김동하가 식혜를 살짝 마셨다.

김동하의 얼굴이 굳어졌다.

"엇! 진짜 식혜군요? 차갑습니다."

한서영이 웃었다.

"넌 커피를 못 마실 것 같아서 그걸로 샀어."

"맛있군요."

김동하는 자신이 알고 있던 식혜의 생생한 맛을 그대로 느낄 수 있다는 것이 신기했다.

더구나 이렇게 차갑게 해서 마시는 것이 그에게는 신기했다.

한겨울에 얼음이 동동 떠있던 식혜를 마시는 느낌이었기 때문이다.

"그 냉장고라는 것이 참으로 신묘한 물건이로구나… 이렇게 뜨거운 날 이리도 시원하게 만들 수 있다니……."

김동하가 중얼거리자 한서영이 다시 입을 열었다.

"말 안 할 거야?"

김동하가 머리를 돌려 한서영을 바라보았다.

"무엇을 말입니까?"

"뭘 하면서 살 것인가 물었잖아."

"아……!"

김동하의 얼굴이 살짝 굳었다.

무엇을 하며 살 것인지 생각해보지 않았다.

단지 이곳에서 살아남아 천공불진의 흔적을 찾는다는 생각밖에는 하지 않았던 것이다.

한서영이 입을 열었다.

"저길 봐, 저렇게 환자복을 입은 사람들이나, 환자복이 아닌 다른 옷을 입고 오가는 사람들 모두 이 세상에서 살아가기 위해 뭔가를 하고 있던 사람들이야. 살아남기 위해서는 돈이 있어야 하는데, 돈을 벌기 위해서 아파도 일을 해야 하고, 힘들어도 일을 해야 해. 회사를 다니는 회사원도 있을 거고, 공사장에서 힘든 일을 하던 사람들도 있겠지. 저마다 각자의 직업을 가지고 있단 말이야. 난 의사의 길을 택했으니 이렇게 살고 있는 거고… 근데 넌 뭘 하면서 살고 싶어?"

김동하가 눈을 껌벅였다.

잠시 생각하던 김동하가 한서영을 향해 고개를 돌렸다.

"…제가 무엇을 하면 좋겠습니까?"

김동하의 말에 한서영이 멈칫했다.

김동하 본인이 결정해야 할 문제를 오히려 자신에게 물어보는 것에 살짝 당황했다.

한서영이 잠시 생각하다가 입을 열었다.

"넌 뭘 잘하니? 너한테 천명이라는 권능이 있으니 그걸로 돈을 벌어서 먹고 살래? 아니면 하늘을 날아다니는 능력이 있으니 그걸로 막 날아다니며 배달 같은 거 하고 살래? 그래, 중국집 배달부를 하면 배달통 들고 막 하늘을 날고 그러면 장사는 잘 하겠다, 흐흐."

자신이 말해놓고 어이가 없다는 듯이 웃었다.

김동하가 눈을 깜박였다.

"소생이 할 수 있는 일은 소생이 가진 의술을 쓸 수 있다는

것과 해동무를 익혔으니 몸이 날래다는 것입니다. 서영 낭자의 말씀처럼 천명을 가지고 그것을 이용해서 돈을 벌 생각은 없습니다."

한서영이 물었다.

"너 의술을 안다고 했지만 이곳에서 의술을 행하려면 의사 면허가 있어야 해. 나라에서 너에게 의술을 행할 자격을 시험하고, 그것에 합격해야만 사람을 진료할 수가 있는 거야."

한서영의 말에 김동하가 눈을 껌벅였다.

"의술에도 그 자격이 있어야 한단 말입니까?"

김동하의 얼굴이 살짝 찌푸려졌다.

아버지 같은 어의가 되려면 궁중의 내의원에 들어가야 하는 잡과를 치러야 했다.

하지만 궁중이 아닌 저자의 의원이라면 자격시험이 아닌 의술에 출중한 의원의 문하에서 문하생으로 입문하여 천천히 이름을 알려 어느 정도 의술에 능해지면 따로 의원으로 독립하는 경우가 대부분이었다.

그러나 이곳에서는 저자의 의원들이라고 해도 나라에서 치르는 시험에 합격해야 의술을 행할 수 있다는 말에 난감해진 김동하였다.

그렇다고 의술시험을 마냥 기다리고 있을 수는 없는 일이었다.

한서영이 김동하의 얼굴에서 난감해 하는 기색을 읽고 입을 열었다.

"네가 의술을 얼마나 아는지는 모르지만, 의술을 하고 싶다면 내가 도와줄게. 책과 침구를 구해준단 말이야. 대신 꼭 붙어야 한다고 약속해야 해."

김동하가 머뭇거렸다.

"소생은 이곳의 의술시험이 어떤 것인지 알지 못합니다. 어찌 알지도 못하는 시험에 합격부터 장담하라 하시는지요?"

한서영이 빙그레 웃었다.

"너의 아버님이 건네주신 의서를 모두 익히고 짐승을 통해 임상을 경험했다면, 지금의 의술시험도 그다진 어렵지 않을 거야. 내가 책을 구해줄 테니 공부를 해봐."

한서영의 말에 김동하가 빤히 한서영의 얼굴을 바라보았다.

"서영 낭자께서 저에게 이리 온정을 베풀어 주시는 것을 어찌 보답해야 할지 모르겠습니다."

한서영이 웃었다.

"운명이라는 생각이 들어서."

"예?"

"동하 너랑 처음 만난 연유도 하늘이 정해놓지 않았다면 그럴 수 없는 일이었을 거야. 하필이면 내가 욕실에 있는 시간에 날 만나게 된 것과 네가 그곳으로 찾아오게 된 것… 어쩌

140

면 네가 가진 천명이라는 것도 그런 운명의 안배 속에서 정해진 것이 아닐까?"

"……."

"솔직히 말하면 나도 왜 너에게 끌리는 것인지 몰라. 따지고 보면 하나의 끈도 이어지지 않은 생면불식의 남자인데 말이지, 호호."

한서영도 지금의 상황이 우스운지 자기도 모르게 웃음이 흘러나왔다.

그때였다.

"천하의 한서영이 남자에게 웃음을 보일 줄은 몰랐는데?"

옆에서 들려오는 목소리에 한서영의 얼굴이 굳어졌다.

한서영의 눈에 굳은 얼굴로 자신을 바라보고 있는 최태영과 놀란 얼굴의 유상태가 보였다.

최태영은 한서영과 한서영의 곁에 앉아 있는 김동하를 묘한 시선으로 바라보고 있었다.

한서영이 최태영을 바라보며 입을 열었다.

"선배가 여긴 무슨 일이에요?"

인턴이나 레지던트는 보통 점심식사를 하고 난 이후 조금이라도 잠을 자 두는 것이 습관이었다.

며칠씩 이어지는 근무에 쪽잠이라도 자두는 게 피로가 덜하기 때문이다.

그 때문에 한서영은 최태영과 유상태가 수면실에서 잠을

자고 있을 것이라 생각했다.

유상태가 물었다.

"서영이 너, 아까 점심시간에 점심도 안 먹고 병원 밖으로 나가던데… 어딜 갔다 온 거야? 그리고 이 친구는 뭐고?"

유상태의 얼굴에 호기심이 가득했다.

한서영이 힐끗 김동하를 바라보았다.

김동하는 최태영과 유상태를 보며 엉거주춤 일어서 두 사람을 향해 정중하게 인사를 했다.

"소생 김동하라 합니다. 서영 낭자의 지인 분들에게 인사드립니다."

너무 정중한 인사였다.

최태영의 얼굴에 놀란 표정이 떠올랐다.

"서영 낭자?"

최태영이 기억하기로는 낭자라는 호칭은 결혼을 하지 않은 젊은 처녀에게 사용하는 호칭이었다.

게다가 어릴 적 자신이 유일하게 좋아했던 전설의 고향이 같은 사극 드라마 속에서나 듣던 용어였다.

한서영이 서둘러 입을 열었다.

"이 사람 연기 수업 중이에요. 보다시피 잘생긴 사람이잖아요? 입에 익숙해져야 한다고 해서 늘 이런 식으로 말을 해요."

유상태가 물었.

142

"배우야? 연예인?"

한서영이 어쩔 수 없다는 듯이 자리에서 일어섰다.

"이쪽은 김동하. 아직 배우는 아니고 배우 지망생."

김동하는 한서영이 말하는 연기 수업이 무슨 뜻인지 몰랐다.

더구나 배우와 연예인이라는 말도 어떤 것인지 알지 못했다.

유상태가 놀란 듯이 눈을 껌벅이다 물었다.

"어떤 작품에 출연했어요?"

김동하가 되물었다.

"작품이라니요?"

유상태가 김동하의 모습을 이리저리 살피다가 다시 물었다.

"출연한 작품 없어요? 뭐 하시는 분인지 궁금해서요."

유상태의 물음에 김동하가 잠시 난감한 표정을 지었다.

유상태에게 모든 것을 털어놓을 수는 없는 일이었다.

한서영에게는 자신의 존재에 대해 해명을 해야 하는 이유가 있지만, 눈앞의 유상태는 그럴 대상이 아니었다.

"아무것도 하지 않고 있습니다. 그저 서영 낭자의 집에 머물고 있는 중입니다."

순간 최태영과 유상태의 눈이 커졌다.

한서영이 입술을 꽉 깨물었다가 최태영과 유상태를 보며

입을 열었다.

"…이 사람 내 약혼자예요. 어릴 때부터 혼인하기로 정해져 있었는데, 얼마 전 다시 만났어요. 그래서 지금 같이 살고 있는 중이고."

한서영은 최태영과 유상태가 김동하를 몰라보는 것이 다행이라 생각했다.

두 사람의 기억 속에 김동하는 추레한 트레이닝복을 걸친 거지로 남아 있을 것이기 때문이었다.

최태영이 놀란 얼굴로 물었다.

"약혼자라고?"

한서영이 대답을 하려는 순간이었다.

부아아아아아아아앙―

끼아아아아아아악―

귀를 찢을 것 같은 엔진소리와 함께 타이어가 미끄러지는 소리가 들렸다.

주차장으로 막 들어서던 검은색의 승용차가 엄청난 굉음을 울리며 한서영과 김동하, 그리고 최태영과 유상태가 있는 방향으로 마치 성난 황소처럼 달려들고 있었다.

빠아아아아아아앙―!!

차량의 경적소리가 요란했다.

순간 최태영과 유상태는 도망치듯이 뒤로 황급하게 물러섰지만, 미처 몸을 빼지 못한 김동하와 한서영을 향해 검은색

의 승용차가 덮치듯 달려들었다.

김동하의 얼굴이 굳어졌다.

한서영도 삽시간에 벌어진 일이었기에 하얗게 질린 얼굴로 몸을 굳히고 있었다.

순간 한서영은 자신의 몸을 누군가 와락 껴안는 느낌이 들었다.

바로 김동하였다.

김동하는 한서영을 안음과 동시에 비등연공을 전개하며 뒤쪽으로 물러섰다.

김동하와 한서영이 물러섬과 동시에 검은색의 승용차가 두 사람이 있던 곳을 덮쳤다.

콰아아아앙!!

콰지지직—!

김동하와 한서영이 좀 전까지 앉아 있던 벤치가 그대로 부서졌다.

하지만 차량은 전혀 속도가 줄지 않았다.

부우우우우우우우웅—

끼아아아아아악—

"꺅!"

한서영의 입에서 저절로 비명이 터져 나왔다.

김동하는 승용차의 앞쪽이 자신과 한서영을 덮치는 순간, 비등연공으로 뒤로 물러서면서 승용차의 앞쪽 윗덮개를 찼다.

터엉—

윗덮개를 차면서 탄력을 얻은 김동하와 한서영이 허공으로 튀어 올랐고, 차량은 김동하와 한서영의 아래쪽을 스치듯 지나갔다.

콰아아앙!!

콰드드드드득—

우지지지직—

김동하와 한서영의 발아래를 스쳐간 승용차는 본관 병동의 뒤쪽 영안실의 벽을 들이받고 멈춰 섰다.

차량의 에어백이 터져 있었고, 운전석에는 70대의 노인이 에어백 위에 얼굴을 묻고 엎드려 있었다.

아마도 차량의 브레이크를 밟으려다 가속 페달을 밟은 모양이었다.

투욱—

김동하가 한서영을 안고 그대로 아래로 내려섰다.

다행히 그 엄청난 상황에도 다친 사람은 없었다.

단지 운전석의 노인이 혼이 빠진 사람처럼 멍한 표정으로 얼굴을 들어 올리고 있었다.

에어백이 아니었다면 노인이 크게 다쳤을 상황이었다.

차량은 영안실의 벽을 완전히 뚫고 들어가서 영안실의 내부가 훤히 보일 정도였다.

삐익—!

삑—!!

멀리서 다급한 호각소리와 함께 사람들이 달려왔다.

영안실의 직원들도 놀란 얼굴로 밖으로 튀어나왔다.

한서영은 만약 김동하가 자신을 안고 뛰어 오르지 않았다면, 끔찍한 상황에 처했을 것이었다.

영안실의 벽체가 허물어질 정도로 엄청난 충격이었으니, 사람의 몸으로는 견뎌낼 수가 없을 것이었다.

바닥으로 내려선 김동하가 한서영을 바라보며 물었다.

"괜찮으신 거요?"

한서영이 하얗게 질린 얼굴로 머리를 끄덕였다.

"으, 응……."

한서영은 자신이 좀 전에 죽을 뻔 했다는 것이 믿어지지 않았다.

만약 자신의 옆에 김동하가 없었다면, 그 결과는 상상도 하기 싫었다.

최태영과 유상태가 급하게 달려왔다.

"괘, 괜찮아?!"

최태영도 놀란 얼굴로 한서영을 바라보았다.

유상태 역시 놀란 얼굴로 한서영의 얼굴을 살펴보았다.

한서영이 말없이 머리를 끄덕였다.

그녀의 몸은 아직도 김동하의 품에 안겨있는 것이 최태영의 눈에 들어왔다.

최태영은 어금니를 꽉 깨물었다.

자신의 바로 앞에 한서영이 있었기에 좀 전의 사고 때 자신이 피하면서 한서영까지 데리고 피했어야 했다는 자책감이 그의 머리를 스쳐갔다.

본능적으로 자신만 살기 위해 뒤쪽으로 달아났으니, 한서영을 버린 것과 같다는 생각이 그제야 든 것이었다.

김동하가 입을 열었다.

"서영 낭자는 괜찮습니다. 잠시 놀란 것 같으나 곧 괜찮아질 것입니다."

김동하는 하얗게 질린 얼굴로 품에 안겨있는 한서영의 등에 무량기의 기운을 은밀하게 밀어 넣어 주었다.

순간 한서영의 얼굴이 굳어졌다.

등을 살짝 안고 있는 김동하의 손에서 너무나 편하고 아늑한 느낌의 기운이 흘러 들어오고 있는 것이었다.

더구나 지병처럼 그녀의 몸속에 남아 있던 피곤함이 말끔하게 사라졌다.

한서영이 김동하의 품에 안겨 그의 얼굴을 올려다봤다.

김동하가 나직하게 말했다.

"잠시만 그대로 받아들이는 것이 좋겠습니다, 서영 낭자."

자신보다 8살이나 어린 남자가 하는 말로는 들리지 않을 정도로 너무나 포근하고 든든한 느낌이 드는 김동하의 말투였다.

한서영의 눈꺼풀이 파르르 떨렸다.

한서영은 김동하가 수련하고 있다고 들은 무량기의 기운을 처음으로 경험하고 있었다.

말로는 설명할 수 없는 느낌이었다.

머릿속이 맑아지고 온몸의 피로감이 삽시간에 말끔히 씻겨 나갔다.

그때 사람들이 웅성거리며 다가왔다.

"뭐야?"

"아이고! 사람이 안 다친 게 다행이네!"

"선생님! 괜찮으십니까?"

영안실의 직원이 놀란 얼굴로 김동하의 품에 안겨있는 한서영을 보며 물었다.

그때 김동하가 한서영을 풀어주었다.

한서영은 김동하의 품에서 벗어나는 순간, 사뭇 아쉬움을 느꼈다.

좀 더 김동하가 안아주기를 자신도 모르게 원하고 있었다.

한편 김동하는 사고로 부서져 나가는 바람에 벽이 뚫려 안이 들여다보이는 영안실을 바라봤다.

김동하의 눈이 번득였다.

익숙한 느낌이었고, 슬픈 느낌까지 동시에 느껴졌다.

사람들이 사고로 부서진 차와 차 안에 놀란 얼굴로 앉아 있는 노인을 구하기 위해서 차 주변을 에워싸고 있었다.

삽시간에 벌어진 일이었지만 병원에 있는 모든 이들이 화들짝 놀랄 정도로 위험했던 순간이었다.

차량이 급가속으로 영안실을 부쉈다는 소식은 금방 병원 전체로 번져갔고, 그 모습을 구경하기 위해 사람들이 몰려들었다.

다른 곳도 아닌 영안실의 벽이 뚫릴 정도로 큰 충격이었다는 것에 병동에 입원했던 환자들까지 환자복을 입고 달려왔다.

"쯧! 사망신고도 필요 없이 바로 영안실로 들어가려고 한 거야?"

"아이고… 나이가 저렇게 많으면 운전을 조심해서 해야 하는데."

"다친 사람이 없어서 얼마나 다행이야."

"허허, 영안실의 시신들이 놀라서 일어나겠어."

"예끼! 이 사람아!"

"뭐가 그리 바빠서 영안실로 바로 갈려고 했을꼬……?"

사람들이 사고 현장에 둘러서서 구경하고 있었다.

영안실의 직원들도 갑작스레 벌어진 황당한 상황에 영안실의 상황을 어찌 정리해야 할지 몰라서 당황하고 있었다.

김동하로 인해서 진정이 된 한서영이 앞을 바라보았다.

최태영이 자신을 빤히 바라보다 몸을 돌렸고, 유상태 역시 최태영의 뒤를 따랐다.

한서영이 그런 그들을 잠시 바라보다가 고개를 돌렸다.

한순간 한서영의 얼굴이 굳어졌다.

자신의 등 뒤에 서 있어야 할 김동하가 보이지 않는 것이었다.

순간 마음이 덜컥 내려앉은 한서영이 이리저리 시선을 돌리며 김동하를 찾았다.

그런 한서영의 눈앞에 익숙한 얼굴이 하나 스쳐갔다.

한서영의 눈이 커졌다.

김동하와 함께 휴대폰 대리점에서 만났던 싸가지 없는 여학생 유채영이었다.

유채영은 병원으로 들어서자 또다시 한서영을 만난 것에 살짝 놀랐지만, 한서영을 훑어보며 스쳐갔다.

유채영이 향하는 방향은 영안실과 조금 떨어진 곳에 위치한 세영대학 병원의 장례식 장이었다.

한서영은 유채영 같은 버릇없는 여학생은 전혀 관심이 없었다.

그녀의 관심은 오직 김동하 뿐이었다.

시선을 돌리던 한서영의 눈이 커졌다.

부서져 나간 영안실의 벽 안쪽으로 김동하의 뒷모습이 얼핏 보인 것이었다.

한서영의 입이 벌어졌다.

놀란 그녀가 급하게 그쪽으로 걸음을 옮겼다.

조선남자

朝鮮男子

-천능의 주인-

천명(天命) 첫 번째 회생(回生)

　승용차가 들이받아 구멍이 뚫린 영안실의 안쪽은 아무도 없었다.

　애초에는 영안실로 들어가기 위해서는 영안실 담당직원의 확인과 방문기록까지 기록하고 들어가야 한다.

　하지만 지금은 영안실 벽이 뚫린 엄청난 사고로 인해서 아예 영안실의 직원들이 전부 바깥으로 나가버린 것이었다.

　김동하의 시선이 앞쪽을 바라보았다.

[제3시신 안치실]

흰색의 아크릴 판 위에 검은 글씨가 적혀 있었다.

김동하의 눈이 반짝였다.

김동하는 곧 제3시신안치실의 문 쪽으로 향했다.

연유를 알 수 없는 묘한 느낌이 안치실 안쪽에서 흘러나오고 있었다.

김동하는 자신도 모르게 그쪽으로 걸음을 옮기고 있는 중이었다.

끼익―

문의 손잡이를 잡고 가볍게 밀어보자 안쪽으로 문이 열렸다.

그때였다.

김동하의 감각에 익숙한 기운이 느껴졌다.

"여기서 뭐해?"

김동하의 뒤에서 약간 다급하게 느껴지는 한서영의 목소리가 들려왔다.

그가 돌아보자 굳은 한서영이 자신의 얼굴을 빤히 바라보고 있었다.

김동하가 잠시 머뭇거리다 입을 열었다.

"이곳에서 무언가 날 끌어당기는 것 같아서요."

"뭐?"

한서영의 눈이 커졌다.

놀란 표정을 짓던 한서영이 재빨리 주변을 살폈다.

이곳은 아무나 들어올 수 없는 곳이다.

또한 들어오려면 반드시 방문기록을 남겨야 하기에 지금의 김동하가 이곳에 서 있는 것은 명백하게 잘못된 것이었다.

하지만 차량사고로 인해서 영안실의 외부 벽이 허물어진 상황이어서 그것을 수습하기 위해 직원들이 자리를 비우고 있었다.

한서영이 잠시 망설였다.

만약 자신 혼자만 이곳에 있는 것이 알려진다면 어떤 식으로든 수습이 가능하겠지만 김동하가 같이 있는 것이 알려질 경우 문제가 생길 수도 있었다.

한서영이 잠시 생각하다가 김동하를 보며 물었다.

"시간이 오래 걸릴 것 같아?"

김동하가 머리를 흔들었다.

"그리 오래 걸리지는 않을 것입니다."

자신을 바라보고 있는 김동하의 표정은 담담했다.

한서영이 살짝 입술을 깨물었다.

알면 알수록 숨겨져 있던 신비한 능력이 김동하에게서 나타나고 있었다.

지금도 마찬가지다.

이곳에서 무언가 자신을 끌어당기고 있다는 것은 그에게 또 다른 어떤 능력이 나타나는 징후라는 생각이 들었다.

한서영의 눈이 좌우를 살폈다.

아직 영안실에는 아무도 들어오지 않았다.

한서영이 영안실의 입구쪽에 적혀 있는 안치자 명부를 확인했다.

[제3 시신 안치실]
[안치자 명단]
— 최은지 18세 女 (투신자살)

한서영의 눈이 커졌다.

제3 안치실에는 오직 한 명의 여자 시신만 안치되어 있었다.

한서영이 명부를 내려놓고 뒤쪽을 바라보았다.

제1 안치실과 제2 안치실은 영안실의 벽이 부서진 곳과 마주보이는 곳이었다.

그 때문에 비록 영안실의 직원이 없다고 해도 그곳으로 들어가게 될 경우 직원들의 눈에 띌 확률이 컸다.

다만, 이곳 제3 안치실은 영안실의 안쪽이었기에 외부의 사고현장으로 몰려나간 직원들의 눈에 띌 가능성은 낮았다.

한서영이 잠시 명부의 이름을 다시 바라보았다.

최은지라는 이름이 너무나 선명했다.

한서영이 김동하를 바라보았다.

"여긴 오직 어린 여학생의 시신 한 구뿐이야. 동하가 찾던

노인은 제 1 안치실이나 제 2 안치실에 안치되어 있을 것 같은데?”

한서영의 말을 들은 김동하는 눈을 잠시 깜박이다가 그대로 안치실의 문을 열고 들어갔다.

삐이걱—

문이 열리자 안치실의 내부 풍경이 드러났다.

한서영이 김동하의 뒤를 따라 안치실로 들어섰다.

안치실로 들어서는 한서영의 얼굴은 살짝 굳어져 있었다.

몇 번이나 방문해 보았던 곳이지만 볼 때마다 그다지 유쾌하지 않은 느낌이었다.

마치 죽은 자의 망령들이 자신의 육신을 떠나지 못하고 이곳에서 자신의 육신이 세상과 이별하는 것을 지켜보고 있다는 느낌이 들었다.

안치실의 내부는 약 30평 정도의 넓이였다.

한쪽에는 길이 10m, 폭 2.5m, 높이 2m 정도의 스테인리스로 만들어진 캐비닛이 놓여 있었다.

캐비닛은 좌우 1m 정도의 폭으로 여러 칸으로 나뉘어 있었다.

나뉘어진 칸의 앞쪽에는 검은색의 쿠션손잡이가 달려 있었다.

그리고 매 칸마다 우측상단에 안치장의 신분을 확인하는 이름표가 걸리도록 고리가 만들어져 있었다.

김동하의 눈이 한쪽을 바라보았다.

모두가 비워져 있는 칸이었지만 유일하게 한 개의 칸에 이름표가 걸려 있었다.

김동하가 그곳으로 다가갔다.

한서영이 김동하의 뒤를 따랐다.

"아는 여학생이니?"

한서영은 김동하가 전혀 망설이지 않는 것을 보며 물었다.

김동하가 고개를 흔들었다.

"아닙니다."

"그럼?"

"죽기 전에 마지막까지 이 어린 처자의 가슴에 품었던 너무나 슬픈 애절함이 아직 머물고 있는 것 같습니다."

김동하의 말에 한서영이 눈을 크게 떴다.

"죽은 사람에게서 그게 느껴진단 말이니?"

김동하가 머리를 갸웃했다.

"소생도 처음입니다."

말 그대로 그것은 김동하로서도 처음으로 감지하는 느낌이었다.

죽음의 기운을 느끼는 것도 처음이었고 죽은 사람이 마지막으로 품었던 애절함을 감지하는 것도 처음이었다.

김동하가 캐비닛의 위쪽에 걸린 이름을 바라보았다.

"최은지? 들어본 이름이었는데……."

나직하게 중얼거리는 김동하를 보고 한서영이 머리를 갸웃했다.

"동하가 이곳에 와서 만난 사람 중에 이 안에 안치된 또래의 여학생이 있었어?"

김동하가 머리를 흔들었다.

"없습니다. 제가 만난 어린 처자라면 인왕산에서 강아지 때문에 만난 소녀가 제일 어렸지요. 그 외에는 없⋯⋯."

말을 하던 김동하의 얼굴이 굳어졌다.

방금 이곳 병원으로 돌아오기 전, 휴대폰 대리점에서 만난 여학생들이 떠올랐기 때문이었다.

인왕산에서 만난 어린 소녀 외에 그 또래의 소녀들이라면 좀 전에 대리점에서 만났던 그 여학생들뿐이었다.

김동하가 한서영을 바라보며 입을 열었다.

"아까 서영 낭자와 이 휴대폰이라는 것을 사러 갔을 때였습니다. 그곳에서 만났던 어린 처자들이⋯⋯."

"아! 그 싸가지들⋯⋯."

한서영이 살짝 이마를 찌푸리며 입을 열었다.

"그 싸가지들도 무슨 일인지 병원에 왔던데⋯? 그리고 보니 영안실로 가던 것 같던데⋯⋯."

김동하가 고개를 끄덕였다.

"이제야 이 속에 누워있는 어린 처자가 누구인지 알 것 같습니다."

"뭐?"

한서영이 놀란 듯이 김동하를 바라보았다.

"이 어린 처자는 스스로 목숨을 끊은 듯합니다. 그리고 휴대폰을 사는 곳에서 만났던 이들이 여기 누워있는 어린 처자의 이야기를 한 것 같습니다."

김동하의 머릿속에서 휴대폰 대리점에서 여학생들이 소곤거리던 대화가 떠올렸다.

그리고 그녀들의 대화 속에 '최은지'라는 이름이 들어 있었다는 것을 깨달았다.

김동하의 시선이 최은지라는 명패가 붙은 캐비닛 칸을 물끄러미 바라보았다.

순간 한서영의 얼굴이 딱딱하게 굳어졌다.

"여기에 있는 이 학생의 이야기를 그 애들이 했다고?"

김동하가 입을 열었다.

"그렇습니다. 제 기억이 틀림없다면 아까 그곳에서 그 어린 처자들이 한 말 중에 최은지라는 이름이 들어 있었습니다. 그러고 보니 제가 만난 사람들과는 묘하게 연으로 이어지고 있는 것 같군요."

한서영의 얼굴이 창백해지고 있었다.

김동하가 잠시 캐비닛을 바라보다가 한서영을 돌아보았다.

"여기 누워있는 처자의 얼굴을 보고 싶습니다. 어찌해야

합니까?”

　김동하의 말에 한서영이 캐비닛의 손잡이를 가리켰다.

　“그것을 잡고 당기면 앞으로 빠져 나올 거야.”

　한서영의 말에 김동하가 캐비닛의 손잡이를 잡았다.

　딸칵.

　스르르륵—

　한서영의 말대로 캐비닛의 손잡이를 잡아당기자 잠금장치
가 풀리며 하얀 천으로 덮힌 한 구의 시신이 앞으로 빠져
나왔다.

　한서영의 미간이 좁혀졌다.

　시신을 본적도 많았고 본과 4학년 때 임상실습을 할 때 보
았던 시신들도 많았다.

　하지만 늘 시신을 볼 때마다 마음이 불편한 것은 어쩔 수가
없었다.

　갖가지 사연을 안고 죽어간 사람들의 시신이었지만 죽은
후에는 그냥 하나의 실험체로 인격이 사라지는 것이 늘 안타
까웠다.

　김동하가 시신을 덮고 있던 하얀 천을 걷었다.

　순간 한서영의 입에서 짧은 비명이 흘러나왔다.

　“아!”

　차가운 안치대 위에 반듯하게 누워있는 시신은 눈을 꼭 감
고 있었다.

하지만 얼굴의 절반이 너무나 참혹하게 부서져 있었고 다문 입술에는 애절함과 슬픔이 그대로 남겨져 있었다.

시신의 얼굴을 덮고 있던 핏자국은 깨끗하게 씻겨 있었기에 참혹한 상처 외에는 창백한 시신의 얼굴이 그대로 드러나 있었다.

다만, 입고 있는 옷은 새로 갈아입힌 것인지 무척이나 앙증스럽게 느껴지는 잠옷차림이었다.

아마 여학생의 부모가 마지막으로 여학생에게 입혀준 것 같았다.

여학생에게 잠옷을 입힌 것은 죽은 것이 아니라 오랜 잠을 잔다고 생각했던 여학생의 부모 마음이 깃들어 있을 것이었다.

여학생은 반듯하게 누워 있었지만 머리의 상처 외에도 몸이 기형적으로 변해 있었다.

높은 곳에서 떨어졌으니 몸의 골격이 정상으로 온전할 리가 없을 것은 당연했다.

하지만 두 손은 가슴 쪽으로 모아져 있었고 두 다리는 곧게 펴져 있었다.

시신을 해부하지 않은 듯 이곳에 실려온 상태 그대로 안치된 것이었다.

한서영의 얼굴이 일그러졌다.

"어떻게 이럴 수가……."

제법 많은 시신의 형태를 보았지만 지금 자신의 눈앞에 누워있는 소녀의 시신은 너무나 안타깝다는 느낌이 들었다.

또한 얼굴의 절반이 부서진 모습이었지만 남아 있는 소녀의 얼굴은 참으로 예쁜 모습이었다.

김동하가 한서영을 돌아보며 입을 열었다.

"이 어린 처자에게 다시 천명을 돌려줄 생각입니다. 그러니 놀라지 마십시오."

한서영이 김동하를 바라보았다.

"이 아이를 살린단 말이야?"

"그럴 것입니다."

김동하는 예전 자신의 여동생인 종희가 고마청에서 뛰쳐나온 미친 군마의 말발굽에 채였을 때에도 지금 이 눈앞의 어린 처자의 상태와 비슷했던 것을 기억하고 있었다.

군마의 발굽에 머리를 정통으로 채인 종희는 그때 이미 죽어 있었다고 해도 과언이 아니었다.

다만, 그때는 아직 시신의 체온이 식지 않았을 때였고 지금은 죽은 지 꼬박 하루가 넘은 차가운 시신이었다.

한서영이 물끄러미 김동하를 바라보았다.

김동하가 다친 자신의 다리를 치료할 때 김동하의 입에서 불어낸 천명의 기운을 보았지만 죽은 사람에게 천명을 다시 돌려주는 것은 처음으로 보는 광경이었다.

한서영의 눈이 호기심으로 반짝였다.

김동하는 눈을 감은 채 누워있는 여학생 최은지의 얼굴을 가만히 내려다보았다.

"어찌하여 이리 슬픈 선택을 하였는지 모르나 이제 그대에게 다시 천명을 돌려줄 터이니 두 번 다시 헛되이 버리지 말길 바랍니다."

김동하가 여학생의 얼굴을 잠시 바라보다 자신의 입가에 손을 가져갔다.

그때였다.

한서영의 두 눈이 찢어질 듯 부릅떠졌다.

후우우웅—

김동하의 입에서 눈이 부신 푸른빛이 흘러나오며 그의 손에 고였다.

마치 안개의 빛과 같은 것이 흩어지지도 않고 그대로 벌려진 김동하의 손에 모여들었다.

"저, 저게 천명이라고?"

한서영의 입에서 더듬거리는 소리가 흘러나왔다.

김동하는 자신의 몸에서 뽑아낸 천명의 기운을 그대로 눈을 감고 누워있는 어린 여학생의 입가에 가져갔다.

순간 푸른 안개와 같은 빛이 여학생의 몸속으로 스며들 듯이 빨려 들어갔다.

스스스스스스스—

빛이 완전하게 여학생의 몸속으로 들어가자 한순간 소녀의

몸에서 김동하가 불어넣어준 천명의 빛과 같은 것이 밖으로 번져나갔다.

한서영의 얼굴이 하얗게 질려가며 두 눈이 치켜 올라갔다.

자신도 모르게 입을 벌린 한서영이 주춤 뒤로 물러섰다.

스스스스스슷—

투두둑—

뚜두둑—

부서진 여학생의 몸이 제자리를 찾기 시작한 것이었다.

뒤틀린 팔과 다리가 다시 제자리를 찾아가고 참혹하게 부서졌던 얼굴도 새살이 돋아나며 아물었다.

또한 하얀 분칠을 한 듯 핏기를 잃고 누워있던 창백한 여학생의 얼굴에 은은하게 홍조가 돌았다.

얼음처럼 차갑게 느껴지던 여학생의 체온도 정상으로 돌아왔다.

김동하는 담담한 얼굴로 여학생이 다시 회생하는 것을 지켜보고 있었다.

다만, 한서영은 심장이 입 밖으로 튀어 나올 정도로 놀랐다.

죽은 사람을 다시 살리는 것은 이 세상에서 가장 의술이 뛰어난 사람이라고 해도 불가능한 일이었다.

더구나 이미 사망판정이 내려지고 안치실에서 만 하루 이상을 안치되었던 시신이 다시 생명을 얻는다는 것은 그야말로 신이 아니면 불가능한 일이었다.

"어, 어떻게 이런 일이……."

한서영은 자신의 눈으로 보고 있으면서도 믿기지가 않았다.

탄력을 잃었던 여학생의 머리칼도 다시 생명을 얻었다는 것을 느낀 것인지 윤기가 흘렀다.

* * *

긴 꿈을 꾸고 있었다.

하지만 꿈속에서도 고통과 절망은 끝나지 않고 악몽처럼 이어지고 있었다.

하얀 난간의 아래로 회색빛의 차가운 아스팔트가 보이고 있었다.

난간을 잡은 하얀 손이 부르르 떨렸다.

툭—

눈물 한 방울이 손등을 적시며 떨어졌다.

피가 나도록 입술을 깨물어야 했다.

견딜 수 없는 고통과 끝이 보이지 않는 나락과 절망의 끝에서 끝내 마지막으로 선택할 수밖에 없었던 길이었다.

하지만 슬펐다.

남겨두고 가야 하는 것들에 미안해서 눈물밖에 나지 않

았다.

언제부터 웃는 게 힘들어진 것인지 기억도 나지 않았다.

매일 매일이 지옥이고 고통이었다.

하지만 결국은 이 길을 선택했고 망설이지 않았다.

파라락—

툭—

하늘이 빙글 돌았다.

천천히 18년 동안의 세월을 살면서 겪었던 짧은 생의 풍경
들이 영화처럼 느리게 흘러갔다.

팟—

영화의 마지막 장면이 끝난 후 불빛이 꺼지듯 어둠이 찾아
왔다.

"엄마아!"

벌떡—

최은지는 마치 악몽을 꾼 것처럼 그대로 침대에서 몸을 일
으켰다.

하얀 체구의 여린 몸이 부들부들 떨리고 있었다.

온몸을 뾰족한 바늘과 같은 것으로 찔러대는 것 같은 극한
의 한기가 느껴지고 있었다.

"아……."

최은지가 눈을 꼭 감았다가 떴다.

지독한 악몽을 꾼 것이라고 생각했다.

잠시 눈을 감았다가 다시 눈을 뜬 최은지는 자신이 지금 누워있었던 곳이 자신의 방이 아닌 이상한 곳이라는 것을 금방 깨달았다.

"어떻게……."

머리를 들어올리자 자신을 바라보고 있는 낯선 두 명의 남녀가 보였다.

"헉!"

최은지의 입에서 자신도 모르게 헛숨이 흘러나왔다.

김동하는 최은지가 눈을 뜨자 부드러운 시선으로 최은지를 바라보고 있었다.

"정신이 드는 것이오?"

김동하의 말에 최은지는 대답을 하지 못했다.

또 다른 악몽이라는 생각이 들었다.

그때 최은지의 귀에 약간 놀란 듯한 여자의 목소리가 들려왔다.

"괜찮아요?"

최은지가 여자를 바라보았다.

큰 눈을 깜박이며 자신을 빤히 바라보고 있는 여자는 무척이나 예쁘다는 생각이 들었다.

최은지가 더듬거리며 물었다.

"여, 여긴 어디에요?"

한서영이 대답했다.

"여긴 세영대학 병원 영안실이에요."

"네?"

최은지의 얼굴이 굳어졌다.

한서영이 굳은 얼굴로 물었다.

"기억이 안 나요? 학생은 이미 이곳 병원에 도착하기 전에 투신으로 인한 사망판정을 받았고 병원에서 검안 후 사망판정이 확정되어 영안실에 안치되어 있었던 거예요. 투신했던 기억이 나질 않는 건가요?"

한서영의 말에 최은지의 두 눈이 커졌다.

"그, 그럼?"

꿈이 아니었다.

악몽을 꾼 것이라고 생각했지만 그 꿈이 모두 죽기 전에 자신이 했던 실제의 일이었다.

"아……."

최은지가 머리를 잡고 휘청했다.

김동하가 최은지의 손을 살며시 잡았다.

"다시 천명을 돌려받았으니 앞으로는 그런 선택을 하지 말아요. 어린 처자의 몸에 남아 있던 그 슬프고 애틋한 마음이 나를 불렀으니 돌려받은 천명은 이제 소중한 마음으로 아껴서 사용하도록 하세요."

너무나 부드럽고 온화한 목소리였다.

최은지가 두려움이 가득한 얼굴로 김동하를 바라보았다.

"누, 누구세요?"

최은지에게 남자란 악마와 같은 존재들이었다.

그 때문에 김동하가 손을 잡는 것에 흠칫 놀랄 수밖에 없었다.

자신이 마지막 길을 선택할 수밖에 없게 만들었던 악몽의 기억이 다시 떠올랐다.

그때 한서영이 입을 열었다.

"학생에게 다시 생명을 돌려준 사람이에요. 이 사람 때문에 학생이 다시 살게 되었던 말이에요."

한서영의 말에 최은지가 김동하를 올려다보았다.

그제야 최은지의 눈에 김동하의 온화한 얼굴이 들어오고 있었다.

깜빡—

최은지가 눈을 깜박이며 김동하를 바라보았다.

김동하가 최은지의 손을 잡고 입을 열었다.

"어린 낭자의 몸은 천명이 다시 부여되는 순간 처음 태어나던 순간의 완벽한 몸으로 다시 돌아가 있을 것입니다. 그러니 그리 슬퍼하지 않아도 될 것입니다."

최은지가 김동하와 한서영을 번갈아 바라보았다.

"제, 제가 여기 올 때 조금밖에 다치질 않았던 것인가요?"

최은지는 자신의 몸이 산산이 부서져 투신한 현장에서 즉사했을 정도라는 것을 인지하지 못했다.

그저 잠시 까무러쳤다가 깨어난 것 정도로만 기억하고 있었다.

한서영이 잠시 최은지를 바라보다 입을 열었다.

"학생의 두개골이 모두 파열되었고 팔과 다리는 투신의 여파로 인해 관절이 모두 끊어져 나간 상태였어요. 현장 구조요원들이 현장에서 즉사 판정을 내렸단 말이에요. 여기 병원에서는 그 판정을 확정한 것이고요. 즉 학생은 죽었다가 다시 살아난 것이에요."

한서영의 말에 최은지의 눈이 껌벅였다.

실감이 나지 않는 얼굴이었다.

아무리 어린 최은지지만 죽은 사람이 다시 살아난다는 것은 들어본 적도 없었고 그런 의술이 있다는 것도 알지 못했다.

최은지가 자신의 몸을 내려다보았다.

상처하나 없이 깨끗한 몸이었고 팔과 다리를 움직여도 전혀 아픈 느낌이 없었다.

"어떻게……."

한서영이 머리를 흔들었다.

"신의 영역을 믿어요?"

최은지가 눈을 껌벅였다.

한서영이 김동하를 가리켰다.

"저 사람이 신이 부여한 힘으로 학생을 살려준 것이에요.

내 눈으로 직접 보았지만 그런 나도 믿기지 않을 권능이 학생을 부활시킨 것이죠."

한서영의 말에 최은지가 눈을 껌벅이며 김동하를 바라보았다.

* * *

쾅!

와르르르륵—

통—

생수병 하나가 날아가며 향이 피워지고 있던 분향실의 제단 위로 떨어졌다.

제사를 지내기 위해 올려놓았던 과일들이 생수병에 맞아서 아래로 떨어지고 향이 피워지고 있던 향로가 엎어졌다.

뒤이어 그야말로 표독스런 여자의 목소리가 터져 나왔다.

"어디서 말도 되지 않는 수작이야? 당신들 딸이 그 모양이 된 것이 왜 내 딸 때문이야?"

머리를 틀어 올리고 화장을 진하게 한 여자의 눈이 번들거렸다.

여자의 주변으로 검은색의 정장을 입은 건장한 사내들 네 명이 여자를 에워쌌다.

그들이 하고 있는 자세로 보아 여자를 보호하는 듯한 느낌

이 들었다.

고함을 지르는 여자의 얼굴에는 노기가 가득했다.

한쪽에는 검은 상복을 입은 여인이 눈물을 흘리며 머리를 숙이고 있었고 한쪽에는 헝클어진 머리칼의 남자가 여자를 쏘아보고 있었다.

향로가 엎어진 제단에는 하얀 국화꽃의 화환에 둘러싸인 최은지의 사진이 있었다.

예쁘게 웃고 있는 얼굴이었지만 지금의 이 상황에는 절대로 예쁘게 느껴지지 않는 모습이었다.

어쩌면 지금의 상황을 보며 슬퍼하는 얼굴처럼 보였다.

"감히 누굴 모함해? 당신네 딸년의 행실이 그러니까 그런 소문이 돌지. 흥! 계집애가 오죽 난잡하게 놀았으면 그런 짓을 할까? 그걸 가지고 왜 내 딸을 끌어들여?"

여자의 포악스러움을 지켜보던 남자가 이를 악물고 입을 열었다.

"내 딸의 마지막 유서에 죽어서도 절대로 용서하지 않겠다며 적어놓은 6명의 이름이 있었소. 제일 첫 번째가 그쪽의 딸인 유채영이라는 이름이었소. 당신 딸이 아무런 연관이 없다면 그 유채영이라는 이름이 왜 남겨져 있었을까? 내 살면서 그렇게 저주스러운 유서는 처음이었소. 그 때문에 조사를 해보자는 것이 아니오?"

남자는 최은지의 아버지 최선동이었다.

최은지의 어머니 박은정은 딸의 빈소가 엉망으로 부서져 나가는 것에 서러운 듯 울고 있었다.

포악한 여인이 다시 악을 썼다.

"그 망할 년이 왜 내 딸 이름을 적은 것인지 모르지만 그 때문에 착한 내 딸이 왜 경찰에 조사를 받아야 해? 이 썩을 것들아."

여자가 다시 눈을 희번덕거리며 금방이라도 달려들 것처럼 날뛰었다.

난장판이 된 장례식장의 풍경을 구경하기 위해 입구에는 사람들이 몰려와 있었다.

조금 전에는 영안실의 벽을 차량이 들이박아 아예 영안실의 벽을 허물어 버렸고 지금은 장례식장이 난장판이 된 상황이었다.

"쯧쯧! 장례식장에서 뭐하는 짓이야?"

"에그… 어쩌누?"

사람들이 포악을 떨고 있는 여자를 바라보며 혀를 차고 있었다.

그런 장례식장의 입구에 여섯 명의 여학생들이 묘한 미소를 머금고 장례식장의 안쪽을 훑어보고 있었다.

최선동은 딸의 분향실을 엉망으로 만든 여자를 죽이고 싶을 정도로 화가 치밀었다.

하지만 그 여자를 경호하는 듯한 사내들로 인해서 여자의

근처에 다가갈 수도 없을 정도였다.

최선동이 이를 악물었다.

"좋소. 그쪽 딸이 죄가 있는지 없는지 알아보기 위해서 내 딸이 마지막으로 남겨놓은 유서를 인터넷에 공개해 보겠소. 과연 내 딸의 유서를 보고 사람들이 어떤 생각을 할지 모르지만 적어도 그쪽의 딸이 내 딸에게 어떤 짓을 한 것인지 누군가 제보는 해줄 것이라고 믿소. 물론 그쪽 딸과 유서에 언급된 아이들의 이름은 가리고 공개할 테니 안심해도 좋소."

최선동의 말에 여자의 눈이 뒤집혔다.

장례식장의 입구에서 난장판으로 변한 최은지의 장례식장을 바라보고 있던 여섯 명의 여학생 얼굴이 굳어졌다.

"야! 채영아, 은지 계집애 유서 공개되면 우리가 걔한테 한 거 드러나게 될 거야."

"어떡해?"

"채영아! 어떻게 좀 해 봐. 너네 엄마한테 유서 뺏으라고 하면 안 돼?"

여학생들의 얼굴이 사색이 되었다.

유채영의 얼굴도 딱딱하게 굳어졌다.

유채영의 눈이 포악스런 모습으로 최은지의 아빠를 압박하고 있는 자신의 엄마를 바라보고 있었다.

장수란.

영신그룹에서 운영하는 영신장학회의 재단이사장이었다.

남편은 영신그룹의 전 회장이었다가 지금은 세민당의 3선 의원으로 세민당 당내에서도 입지가 탄탄한 사람이었다.

최선동으로서는 딸의 죽음에 너무나 막강한 권력을 가진 사람이 관여되어 있다는 것이 불행이었다.

장수란의 얼굴이 일그러졌다.

"뭘 공개한다고?"

"내 딸의 유서를 공개할 생각이오. 당신 말대로 내 딸이 문제였다면 그것에 대한 제보도 들어오게 되겠지. 그리고 내 딸의 죽음에 대해 경찰들이 조사하는 것을 왜 그쪽이 나서서 방해하는 것이오? 죄가 없다면 당당하게 당신의 딸이 조사를 받으면 되는 것이 아니오?"

한순간 장수란의 얼굴이 굳어졌다.

"뭐라고? 이것들이 정말… 당신! 천호정밀이라고 하는 콧구멍만한 회사를 운영하고 있지? 그 회사 문 닫게 만들고 싶어? 내 남편이 누군지 알아?"

최선동이 눈을 치켜떴다.

"권력이 있다고 마음대로 할 수 있을 것 같소?"

최선동의 말에 장수란의 눈이 하얗게 뒤집어지고 있었다.

"정말 말로해서는 안 될 종자네?"

장수란이 몸을 돌려 자신을 경호하고 있는 검은 양복의 사내에게 입을 열었다.

"양 비서! 채영이 아빠에게 전화 넣어."

검은 양복의 사내가 머리를 숙였다.

"예! 이사장님."

사내가 품에서 휴대폰을 꺼내었다.

장수란이 헝클어진 머리칼로 지친 듯 서 있는 최선동과 딸의 분향실 앞에서 엎드려 울고 있는 최은지의 어머니 박은정을 표독한 시선으로 노려보았다.

"감히 상종도 못할 벌레같은 것들이 어디서 기어올라? 내 딸과 같은 학교에 다닌다고 내 딸과 같은 수준이라고 생각해? 아예 다시는 기어오르지 못하도록 만들어 놓을 거야."

장수란의 얼굴에 너무나 표독한 표정이 떠올라 있었다.

한편, 유채영의 옆에 있던 김선혜는 불안한 표정을 감추지 못했다.

"야! 채영아, 어떻게 할 거야? 은지 아버지가 유서를 공개하면 우리가 은지에게 한 일들을 알고 있는 애들이 인터넷에 정보를 공개할 지도 몰라."

유채영이 싸늘한 얼굴로 김선혜를 돌아보았다.

"그럴 일 없으니까 안심해."

"뭐?"

"우리 엄마랑 아빠가 아예 은지 아빠가 인터넷에 접근도 못하게 막아줄 거야. 그리고 올리려면 올리라고 하지 뭐. 올라오는 족족 틀어 막힐 걸?"

"그, 그래?"

유채영은 자신의 아빠와 엄마가 가진 힘을 믿고 있었다.

아빠와 엄마만 있다면 대한민국에서 두려운 것이 하나도 없는 유채영이었다.

그때였다.

덜덜덜—

유채영과 함께 서 있던 여섯 명의 여학생 중 엄자희라는 여학생이 마치 학질에 걸린 듯 몸을 떨고 있었다.

"귀, 귀신……."

털썩—

엄자희라는 학생은 견디지 못하고 하얗게 눈을 뒤집으며 바닥으로 쓰러졌다.

"자희야!"

"얘! 지금 뭐하니?"

"자희야."

친구들이 급하게 쓰러진 엄자희를 잡고 흔들었다.

바닥에 쓰러진 엄자희는 입가에 거품까지 쏟아내고 있었다.

"어머나! 이 학생은 또 왜이래?"

"왜 그래?"

엄자희가 쓰러지자 주변에서 난장판이 된 장례식장을 구경하던 사람들이 웅성거렸다.

유채영의 옆에 서 있던 김선혜도 놀란 표정을 지으며 엄자

희에게 다가서려다 몸을 굳혔다.

덜덜덜—

김선혜의 몸도 떨리기 시작했다.

한순간 하얗게 질린 김선혜가 급하게 바닥에 머리를 박으며 소리쳤다.

"미, 미안해. 은지야."

김선혜의 치맛단 아래로 노란 물이 흘러나오고 있었다.

그것은 김선혜가 극도의 공포에 못 이겨 자신도 모르게 오줌을 지린 것이었다.

여학생으로서는 죽을 만큼 창피한 일이었지만 김선혜에게는 그야말로 지금 당장 자신이 죽을 수도 있다는 공포심을 느끼고 있었기에 그것도 자각하지 못할 정도였다.

절친인 김선혜까지 황당한 모습을 보이자 유채영이 놀란 얼굴로 머리를 돌리다가 몸을 굳혔다.

덜덜덜.

유채영의 몸도 떨리기 시작했다.

유채영의 눈에 하얀 잠옷을 입고 자신을 바라보고 있는 한 명의 소녀의 모습이 보였다.

맨발에 오직 하얀 잠옷을 걸치고 자신과 친구들을 바라보고 있는 소녀.

그것은 자신들로 인해서 스스로 죽음을 선택한 최은지의 너무나 생생한 모습이었다.

최은지가 싸늘하게 웃었다.

"오랜만이네?"

순간 유채영이 후덜거리며 바닥으로 주저앉았다.

그제야 최은지를 본 다른 여학생들도 바닥에 주저앉았다.

"꺅!"

"엄마!"

"엄마야!"

여학생들은 그야말로 혼비백산한 얼굴로 바닥에 주저앉으며 손으로 머리를 감쌌다.

유채영의 초점 잃은 시선이 최은지를 바라보고 있었다.

최은지의 입이 열렸다.

"죽어서 지옥으로 가다가 너희들 때문에 차마 가지 못하고 돌아왔어. 너희들을 데려가야 할 것 같아서 말이야."

순간 유채영의 눈이 질끈 감겼다.

그녀의 얼굴이 온통 땀으로 범벅이 되었다.

그때 한쪽에 서서 난장판이 된 장례식장의 소동을 구경하던 사내 한 명의 얼굴이 하얗게 질려가고 있었다.

그는 영안실의 벽이 부서지는 황당한 소동과 동시에 장례식장에서도 병원이 시끄러울 정도로 소란이 벌어지자 구경을 하기 위해 장례식장을 방문했던 영안실의 직원이었다.

그의 눈에 들어오고 있는 것은 지금쯤 영안실의 시신안치용 캐비닛 속에서 누워있어야 할 최은지의 모습이었다.

자신이 직접 최은지의 시신을 제 3 시신안치실에 봉안했기에 최은지의 모습을 너무나 잘 기억하고 있었다.

어린 나이에 극단적인 선택을 하고 안치실로 도착한 최은지의 모습을 보며 안타까워 혀를 찼던 그였다.

그런 그의 눈에 들어온 것은 자신의 눈에 익은 수의와 같은 잠옷을 걸친 최은지의 너무나 생생한 모습이었다.

비록 죽어 있었던 최은지의 모습이지만, 절대로 잊을 수 없는 얼굴이었다.

영안실의 직원이 하얗게 질린 얼굴로 뒤로 물러서서 재빨리 병원의 본관병동으로 달려갔다.

달려가는 그의 전신에 소름이 돋았다.

* * *

한편, 장례식장의 입구에서 황당한 소동이 벌어지자 표독한 눈길로 머리를 돌리던 장수란의 얼굴이 굳어졌다.

자신의 딸인 유채영이 바닥에 주저앉아 있는 것을 발견한 것이었다.

"어머나! 채영아."

장수란이 급하게 입구 쪽으로 달려갔다.

최선동도 굳은 얼굴로 입구를 바라보다가 털썩 자리에 주저앉았다.

"으, 은지야."

최선동의 입에서 떨리는 목소리가 흘러나왔다.

"뭐……?"

딸의 영전 앞에서 흐느끼던 박은정이 고개를 들었다.

온통 눈물로 범벅이 된 박은정이었다.

그런 그녀는 바닥에 주저앉아 있는 남편 최선동을 보며 울먹였다.

"여보! 왜 그래?"

최선동이 하얗게 질린 얼굴로 입을 열었다.

"으, 은지가… 은지가 왔어."

"뭐라고요?"

박은정이 머리를 들어 남편이 바라보고 있는 방향을 같이 바라보았다.

순간 박은정의 눈이 튀어나올 듯 부릅떠졌다.

"은지야!"

벌떡—

박은정은 어디서 그런 힘이 나왔는지 알 수 없을 정도로 순식간에 일어나 눈앞에서 장례식장의 안으로 걸어들어오고 있는 최은지를 향해 달려갔다.

"뭐야?"

"이게 뭐야?"

"저 학생이 뭔데……."

난장판이 된 장례식장의 싸움 구경을 하던 사람들이 갑자기 벌어진 상황에 놀란 듯 웅성거렸다.

박은정은 죽은 딸이 눈앞에 보이자 정신이 없었다.

귀신이라고 해도 좋고 영혼이라고 해도 좋았다.

딸의 마지막 모습을 볼 수만 있다면 자신의 영혼까지 팔 수도 있다고 생각하는 박은정이었다.

"은지야."

와락—

급하게 박은정이 최은지를 껴안았다.

"엄마! 미안해."

최은지의 눈에서 눈물이 흐르고 있었다.

최선동 역시 왈칵 눈물이 쏟아졌다.

이승을 떠나려던 딸의 영혼이 이렇게 자신의 장례식장을 찾아올 정도로 딸의 한이 깊다는 것이 느껴졌기 때문이었다.

최선동으로서는 딸이 다시 살아났다는 것을 절대로 믿을 수가 없었다.

자신의 아파트 24층에서 스스로 투신한 딸의 참혹한 모습을 자신이 직접 확인한 최선동이었다.

두개골이 부서지고 팔다리의 관절이 다 부러져 나간 딸은 어린아이들이 가지고 놀던 인형처럼 아무런 힘도 없이 흐느적거리던 모습이었다.

생기가 사라진 딸의 얼굴에 남아 있던 슬픈 표정과 눈물자

욱은 지금까지도 악몽처럼 최선동의 기억 속에 선명했다.

그런 최선동에게 지금 나타난 딸의 모습은 그야말로 상처 하나 없이 말끔한 모습이었다.

그것은 딸이 현세의 사람이 아닌 영혼이나 귀신이라는 것을 증명하는 것이었다.

하지만 영혼이나 귀신이 이런 대낮에 현신한다는 것은 들어본 적이 없었다.

다만, 이렇게라도 딸을 다시 만날 수 있다는 것이 고맙고 서럽기만 했다.

"은지야… 흐흑."

최선동이 어린아이처럼 울었다.

최은지는 아빠가 우는 것은 처음으로 보았다.

더구나 자신을 안고 영원히 다시는 놓치지 않을 것처럼 울면서 몸부림치는 엄마의 애틋한 모정에 자신도 눈물이 흘러나오고 있었다.

박은정이 울면서 최은지를 꽉 끌어안았다.

"가지 말거라. 아기! 엄마가 잘못했어, 흐흐흑."

박은정은 자신의 품에 안겨있는 최은지가 환생해서 돌아왔다는 생각은 하지 못하고 그저 딸의 영혼이 따뜻하다고만 생각하고 있었다.

"엄마. 나 안 죽었어."

최은지가 울면서 입을 열었다.

하지만 박은정의 귀에 딸의 목소리는 들리지 않았다.

오직 지금 안고 있는 딸이 영원히 자신의 품에서 떨어지지 않기만을 바라고 있을 뿐이었다.

"놓치지 않을 거야. 평생 엄마 품에서 놓치지 않을 거야, 흐흐흑."

그때 바닥에 주저앉아서 울고 있는 최선동이 일어섰다.

자신도 딸을 안아보고 싶었기 때문이었다.

영혼이라고 해도 좋고 귀신이라고 해도 좋았다.

그저 딸의 몸을 다시 한 번만 안을 수 있다면 당장 죽어도 여한이 없을 것 같았다.

"은지야!"

최선동이 딸을 안고있는 아내와 딸을 동시에 안았다.

"아빠! 미안해."

최은지가 울면서 아빠인 최선동을 끌어안았다.

세 가족이 장례식장에서 서로를 끌어안고 울고 있는 모습은 참으로 기묘한 풍경이었다.

"왜 저래?"

"뭐야?"

"저 여학생이 누구길래?"

장수란을 경호하던 경호원들도 갑자기 벌어진 상황에 놀란 듯 최은지의 가족을 바라보고 있었다.

한편, 장수란은 딸 유채영이 바닥에 주저앉아 혼이 빠져 나간 듯한 얼굴로 앞을 바라보고 있는 모습을 보며 가슴이 덜컥 내려앉았다.

"채영아! 왜 그러니?"

장수란은 딸 유채영의 이런 모습은 처음이었다.

막내딸이었기에 그야말로 세상에서 가장 소중한 보물을 다루듯 키웠다.

가지고 싶어하는 것이 있다면 안겨주지 않은 것이 없었고 하고 싶은 일이 있다면 단 한 번도 말려본 적이 없었다.

또한 가고 싶어하는 곳이라면 어디든 보내주었다.

그야말로 완벽하게 공주처럼 키워왔던 딸이었다.

그런 딸이 같은 학교에 다니는 하찮은 계집애 하나를 가지고 장난을 친 것 가지고 소란이 난 게 마음에 들지 않았다.

더구나 그 계집애가 자살을 해서 자신의 딸이 억울하게 휘말렸다.

그것이 세상에 알려지는 것은 그야말로 장수란에게는 죽기보다 싫은 일이었다.

남편의 지위와 자신의 명성에 흠집이 생길수도 있는 일이었다.

다행히 남편이 손을 써서 방송이나 언론에 자살한 계집애의 사건이 노출되는 것은 막았지만 경찰이 개입했다는 것이 거북했다.

그 때문에 자살한 계집아이의 장례식장을 찾아와 절대로

자신의 딸이 연관되어 있다는 것을 인정할 수 없다고 소란을 피운 것이었다.

장수란에게 자살한 최은지라는 아이의 가족은 그야말로 벌레 한 마리보다 못한 천민의 수준이라고 할 수 있었다.

그리고 장수란은 그런 그들에게 진짜 자신이 가진 힘을 보여주고 싶었다.

장수란은 딸 유채영의 어깨를 잡고 흔들었다.

"채영아! 왜 그러니? 어디 아파?"

장수란이 어깨를 흔들자 유채영이 떨리는 목소리로 입을 열었다.

"어, 엄마! 은지가… 은지가 왔어. 그 애가 왔어, 엄마."

딸의 혼이 나간 듯한 얼굴을 보며 장수란의 얼굴이 굳어졌다.

"누구라고?"

"으, 은지, 귀신……."

털썩—

유채영이 참지 못하고 옆으로 쓰러졌다.

아직은 어린 유채영에게 죽었던 최은지의 부활은 그야말로 너무나 무섭고 끔찍한 악몽처럼 느껴지고 있었기에 견디지를 못한 것이었다.

유채영에게 지금의 최은지의 모습은 귀신이며 악령일 수밖에 없었다.

장수란이 쓰러진 유채영을 안고 소리쳤다.

"꺅! 채영아."

장수란이 급하게 머리를 돌렸다.

"최 비서! 최 비서."

장수란의 외침소리에 사내 한명이 급하게 달려왔다.

사내의 얼굴도 딱딱하게 굳어졌다.

장수란에게 유채영이 어떤 존재인지 너무나 잘 알고 있는 사내였다.

"예! 이사장님."

"우리 채영이 좀 안아서 옮겨. 애가 까무러쳤어. 어떡해? 누가 의사 좀 불러줘요."

장수란의 얼굴에 다급함이 떠올라 있었다.

그런 장수란의 귀에 나직한 목소리가 들렸다.

"무슨 일이에요?"

장수란이 고개를 돌리자 하얀 가운을 입은 아름다운 여자 의사가 서 있는 것이 보였다.

여자의사의 옆에는 장수란도 놀랄 정도의 헌칠한 남자가 물끄러미 바닥에 쓰러진 유채영을 바라보고 있는 모습이 함께 들어오고 있었다.

한서영과 김동하였다.

김동하는 최은지에게 다시 천명을 돌려준 후에 그녀의 장례식이 이곳에서 치러지고 있다는 것을 알았다.

그래서 몰래 최은지를 영안실에서 빼내어 한서영과 함께 이곳으로 온 것이었다.

김동하는 유채영을 안고 있는 장수란의 얼굴을 보며 살짝 이마를 찌푸렸다.

김동하의 순수한 무량기에 너무나 거북하게 반응하는 기운이 장수란의 몸에서 흘러나왔기 때문이다.

그 기운의 느낌은 오래전 자신의 천명을 뺏기 위해 집요한 탐욕을 뿜어내던 해진사숙의 기운과 흡사할 정도로 닮아 있었다.

그것은 사기(邪氣)였다.

김동하의 표정이 점점 굳어졌다.

이때 장수란의 다급한 목소리가 들려왔다.

"내 딸 좀 살려주세요. 아이가 정신을 잃었어요."

장수란의 말에 한서영이 놀란 듯한 시선으로 유채영을 내려다보았다.

한서영의 눈빛이 반짝였다.

그야말로 버릇없고 싸가지 없는 철부지 어린 여학생의 모습이 보였다.

여기서 이렇게 다시 만나게 될 것이라고는 예상하지 못한 한서영이었다.

김동하에게서 다시 천명을 돌려받아 살아난 최은지에게 그녀가 그런 선택을 할 수밖에 없었던 이유를 듣게 되었다.

그 이유가 눈앞의 너무나 사악한 한 여학생과 그녀의 패거리 때문이었다는 것을 알게 되자 비록 정신을 잃은 유채영이었지만 그런 그녀의 뺨을 후려치고 싶은 심정이 들었다.

한서영의 눈이 차갑게 반짝였다.

신의 존재(神의 存在)

최은지는 자신을 품에 안고 울고 있는 엄마와 아빠의 등을
토닥거렸다.

"엄마, 아빠 저 이제 괜찮아요."

최선동과 박은정은 딸의 목소리가 너무나 생생하게 들리자
크게 놀랐다.

그제야 두 사람은 자신의 품에 안겨있는 최은지가 혼령이
나 귀신이 아니라는 것을 느꼈다.

최선동은 눈물로 범벅이 된 얼굴을 들고 품속의 딸을 내려
다보았다.

"저, 정말 은지냐?"

최은지가 대답했다.

"예! 아빠. 저 진짜 은지예요."

박은정도 놀란 얼굴로 최은지를 바라보았다.

"어떻게 된 것이냐? 넌 분명히……."

박은정도 병원응급실에서 의사들이 딸의 죽음을 확정하는 것을 생생하게 기억하고 있었다.

더구나 머리가 깨져 뇌수가 흩어진 딸의 참혹한 모습은 지금까지도 너무나 처절한 악몽으로 남아 있었다.

잠을 잘 수도 없었고 눈을 감을 수도 없었다.

눈을 감으면 딸의 마지막 모습이 떠올랐다.

사방에 흩어졌던 시뻘건 딸의 선혈이 뿌려진 장면이 머릿속에 되살아나 소스라치게 놀라서 다시 눈을 뜨게 만들었다.

잠을 자지 못하고 눈을 감지 못하는 것은 마치 형벌과 같았다.

하지만 그렇게라도 딸의 기억을 머릿속에 간직하고 싶은 것이 부모의 마음이었다.

최선동이 한동안 딸의 얼굴을 만지다가 물었다.

"정말 살아난 것이라니. 어떻게 이럴 수가 있는 것이냐?"

박은정도 다시 한번 딸 최은지의 뺨을 만졌다.

그리고 자신이 지금 꿈을 꾸고 있는 것이 아니라는 것을 실감하고 있었다.

최은지가 입을 열었다.

"신을 만났어요."

"뭐?"

갑작스런 딸의 말에 최선동이 믿기지 않는다는 얼굴로 최은지를 바라보았다.

하지만 실제로 이렇게 자신의 앞에 서 있는 딸을 보며 그 말이 틀리지 않았다는 것을 느꼈다.

최은지의 어머니 박은정이 물었다.

"정말… 신이 있단 말이니?"

끄덕―

최은지가 고개를 끄덕였다.

"제가 영안실에서 눈을 뜨자 저의 곁에 두 사람이 있었어요. 아주 잘생긴 남자하고 아름다운 여자분이셨어요."

최선동이 멍한 표정을 지었다.

딸의 말이 믿어지지 않았다.

"그분들이 신이란 말이냐?"

최은지가 말을 이었다.

"그럴 거예요. 두 분 중 남자분이 저에게 말씀을 하셨어요. 다시 천명을 돌려받았으니 앞으로는 그런 선택을 하지 말라고. 또 어린 저의 몸에 남아 있던 그 슬프고 애틋한 마음이 자신을 불렀으니 돌려받은 천명은 이제 소중한 마음으로 아껴서 사용하도록 하라고 하셨어요."

"세상에……."

최선동은 딸의 말을 믿을 수가 없었다.

그야말로 신이 현신한 것이라고 할 수가 있었기 때문이었다.

"오 하느님."

박은정이 눈물을 흘리며 신에게 감사하고 있었다.

하기야 죽었던 딸을 다시 돌려준 것이니 그야말로 하늘에 감사하고 싶은 마음뿐이었다.

최선동은 딸의 말이 믿어지지 않았다.

평생을 살면서 단 한 번도 신이라는 존재를 믿지도 않았던 최선동이었다.

교회 근처에도 가지 않았고 간혹 여행이라도 가서 절에 들러 불상을 구경해도 그저 무덤덤한 마음으로 바라만 볼 뿐이었다.

하지만 지금은 그에게 실제로 신이 존재한다는 것을 딸이 증명하고 있었다.

최선동이 최은지를 바라보며 물었다.

"그분들의 얼굴을 실제로 네 눈으로 본 것이니?"

최선동은 지금까지 살면서 누군가 신을 만났다고 하는 것도 들었고 신과 대화를 했다는 사람들의 이야기도 들었다.

세상의 모든 종교인은 그들의 마음속에서 진실로 신의 존재를 가지고 있을 뿐, 현실에서 신과 조우하는 것은 허상일 뿐이라고 생각했다.

하지만 딸 은지는 신을 만났고 그들로 인해서 다시 살아났다고 털어놓고 있었다.

최선동이 멍한 얼굴로 딸의 얼굴을 바라보았다.

어디까지 믿어야 할지 알 수가 없다는 표정이었다.

최은지가 힐끗 머리를 돌려 장례식장의 입구 쪽에 서 있는 김동하와 한서영을 바라보았다.

최은지의 눈에 김동하와 한서영은 절대로 신의 모습으로 보이지 않았다.

단지 잘생긴 오빠와 아름다운 의사 언니쯤으로 보일 뿐이었다.

특별하다면 두 사람의 모습이 참으로 잘 어울린다는 느낌이었다.

최은지는 한서영이 자신에게 당부한 말을 떠올렸다.

'이 이야기는 절대로 다른 사람들에게 하지 않았으면 좋겠어요.'

최은지는 한서영의 부탁을 거절할 수가 없었다.

하긴 자신이 김동하와 한서영의 이야기를 털어놓는다면 대한민국뿐만 아니라 전 세계에서 죽은 사람을 살려달라는 사람들이 몰려들 것은 너무나 당연했다.

또한 자신을 다시 살게 해준 김동하와 한서영을 귀찮게 만드는 일은 절대로 하고 싶지 않았다.

한서영의 말대로 죽을 때까지 자신의 마음속에 깊은 비밀로 간직해야 할 것이었기에 절대로 털어 놓을 수 없었다.

최은지의 눈에 한서영이 유채영을 살피고 있는 것이 보였다.

최은지에게는 그야말로 절대로 용서하고 싶지 않은 친구가 바로 유채영이었다.

유채영으로 인해 자신이 극단적인 선택을 한 것이라고 할 수 있었기에 최은지에게 유채영은 악마이며 증오의 대상이었다.

잠시 뒤 유채영이 깨어나는 것이 보였다.

한서영으로서는 유채영을 돌보는 것이 소름끼치도록 싫었지만 이곳은 병원이고 자신은 의사의 신분이었다.

비록 인턴의 신분이긴 하지만, 깜박 정신을 잃은 정도의 환자라면 돌보는 것은 어렵지도 않았다.

또한 싫다고 거절할 수도 없는 일이었다.

한서영의 빠른 처치로 인해서 악마같은 유채영이 깨어나는 것을 본 최은지가 고개를 돌려 대답했다.

"보긴 했지만 금방 떠나셨어요."

"그래?"

최선동의 얼굴에 아쉬워하는 표정이 떠올랐다.

만날 수만 있다면 딸의 목숨을 다시 돌려준 그들에게 진심

으로 감사를 전하고 싶은 마음이었다.

또한 신의 존재를 자신의 눈으로도 확인하고 싶은 생각이 들었다.

지금까지 신의 존재를 부정해 왔던 최선동이었기에 딸이 만난 신의 존재를 직접 자신이 확인하고 싶은 욕심이 든 것이었다.

하지만 그들이 떠났다는 말에 아쉬움을 삼켜야 했다.

최선동은 이제부터라도 신을 믿을 생각이었다.

신이 세상에 존재한다는 것은 딸의 회생으로 증명되었기 때문이었다.

최선동은 신이 아닌 신의 권능을 부여받은 김동하의 배려로 딸이 다시 살아나게 된 것을 꿈에도 생각하지 못하고 있었다.

박은정이 딸 최은지의 손을 꼭 잡으며 입을 열었다.

"어떻게 상처 하나 없이 이렇게 말끔하게 나을 수가 있는 것인지 너무나 신기하구나. 네가 살아난 것을 병원이나 네가 남긴 편지를 조사하고 있던 경찰들이 어떻게 생각할 지······."

박은정은 딸의 죽음을 확진한 병원의 의료진들과 딸이 투신하기 전에 남긴 편지의 내용을 조사하던 경찰이 어떻게 볼지 마음에 걸렸다.

그들도 이미 딸이 죽었다는 것을 자신들의 눈으로 확인하고 검증까지 해 주었다.

그런 딸이 다시 살아났다면 그들 역시 신의 존재를 인정해야 할 정도로 충격적일 것이다.

단지 기적이라는 말로는 모자랄 상황이 딸의 회생이었다.

최은지가 대답했다.

"신이 저를 돌려보낸 것이라고 말할 거예요."

"그래. 그것밖에는 어떤 말로도 설명이 되지 않을 것 같구나. 기적이라는 말로도 해석이 안 될 것 같은 상황이니……."

최선동은 딸이 신의 권능으로 다시 살아났다고 인정했다.

현실적으로는 어떤 말이든 지금의 상황을 설명할 길이 없었다.

박은정이 딸 최은지의 영정사진이 올려진 것을 바라보다가 급하게 다시 딸의 사진을 가지고 돌아왔다.

딸이 살아 돌아온 지금, 더 이상 딸의 영정사진을 올려둘 이유가 없었다.

더구나 이곳 장례식장도 더 이상 필요하지 않았다.

살아서 돌아온 이상 장례는 할 필요도 없었고 할 이유도 없었다.

박은정이 최선동을 바라보며 입을 열었다.

"여보! 은지의 장례식을 할 필요가 없어요."

최선동이 고개를 끄덕였다.

"그래."

최선동은 딸이 다시 살아서 돌아오자 장례식 비용은 하나도 아깝지 않았다.

"여기 있을 필요가 없지. 집으로 돌아가자."

최은지가 고개를 끄덕였다.

그때였다.

우르르르르—

일단의 사람들이 장례식장으로 달려왔다.

모두가 흰 가운을 걸친 세영대학 병원의 의사들이었다.

영안실의 직원이 최은지의 회생을 알리자 병원이 뒤집어진 것이다.

사망판정을 받은 시신이 간혹 영안실에서 회생하는 것은 세계 토픽으로 알려질 정도로 획기적인 일이었다.

세계적으로 유사한 사례는 많이 있었다.

하지만 대한민국 최고의 병원 중 한곳이라고 할 수 있는 이곳, 세영대학 병원의 영안실에서 안치된 시신이 부활했다는 것은 그야말로 병원으로서는 초유의 사태였다.

제일 앞에서 달려온 사람은 세영대학 병원 정형외과 전문의 박태경 박사였다.

그 뒤쪽에는 최은지의 사망을 확진했던 당시 응급실 담당의사였던 외과 전임의 정수길.

그리고 내외과 교수진들과 세영대학 병원의 전임의사들이

서 있었다.

뒤쪽으로는 한서영이 아는 얼굴도 있었다.

최태영과 유상태의 모습도 보이고 있었기 때문이었다.

그야말로 지금의 세영대학 병원은 발칵 뒤집어진 상태였다.

사망이 확정되어 꼬박 하루 이상을 영안실에 안치되어 있었던 시신이 회생을 했다는 것으로 인해 병원의 모든 의료진들이 기겁을 한 것이었다.

더구나 아파트의 24층에서 투신하여 두개골이 파열되고 온몸의 뼈가 으스러진 어린 여학생의시신이 회생했다는 것은 병원장까지 움직이게 만들었다.

최은지의 사망판정이 오진이었을 경우에는 병원의 체면이 바닥으로 떨어지게 될 정도로 치명적인 일이었다.

그러니 병원이 발칵 뒤집어지는 것은 당연했다.

처음 최은지가 병원에 도착했을 때 최은지의 상태를 진단했던 정수길은 최은지가 멀쩡한 모습으로 서 있는 것을 보며 입을 쩍 벌렸다.

부서진 두개골의 상처는 긁힌 상처 하나 없을 정도로 매끈했다.

또한 팔다리의 관절이 부서져 인형처럼 흔들리던 최은지의 몸도 믿기지 않을 정도로 정상적이었다.

뒤쪽에서 뒤늦게 장례식장으로 들어온 영안실의 직원들도

멀쩡한 최은지를 보며 하얗게 질린 얼굴이 되었다.

"은지 학생…! 정말 은지 학생이 확실한가요?"

정형외과 전문의 박태경 박사가 최은지의 이곳저곳을 살피며 의심스런 얼굴로 물었다.

최은지가 고개를 끄덕였다.

"네. 최은지예요."

최은지가 공손한 얼굴로 대답했다.

박태경 박사가 최은지의 아빠인 최선동을 보며 물었다.

"혹시 최은지 양이 일란성 쌍둥이입니까?"

최선동이 대답했다.

"은지는 우리 부부의 유일한 자식이고 외동딸입니다."

"그, 그래요?"

박태경 박사는 혹시 최은지가 쌍둥이가 아닌지 의심이 들 정도였다.

하지만 쌍둥이가 아니라는 말에 다시 한번 최은지를 바라보고 있었다.

그때 막 정신을 차린 유채영과 김선혜 그리고 다른 학생들도 최은지의 멀쩡한 모습을 보며 사색이 되었다.

한편, 처음 응급차에 실려 병원에 도착했을 당시 머리가 깨져 뇌수가 터져 나왔던 것을 자신의 눈으로 보았던 정수길 박사가 혼이 빠져 나간 듯한 얼굴로 최은지를 바라보았다.

최은지의 사망확정까지 내린 그였다.

그야말로 믿기지 않을만큼 너무나 깔끔한 최은지의 모습이
었다.

박태경 박사가 급하게 최은지에게 다가왔다.

그가 손을 내밀어 최은지의 맥동을 짚었다.

그의 손에서 최은지의 힘찬 맥동이 느껴지고 있었다.

"이, 일단 정밀검진을 해보도록 합시다. 어떻게 이런 일
이……."

박태경 박사도 무언가에 홀린 듯한 얼굴로 최은지의 얼굴
을 바라보았다.

최선동이 고개를 끄덕였다.

"저희들도 우리 딸 은지를 다시 검사해 보기를 원합니다."

최선동으로서도 딸의 회생이 의학적으로 완벽한 것인지 알
아보고 싶은 심정이었다.

최은지도 끄덕였다.

"저도 검사를 해볼게요."

박태경 박사가 중얼거렸다.

"이거 의학계가 발칵 뒤집어질 사건이로군 그래."

정수길 박사가 멍한 얼굴로 대답했다.

"사망이 확실했는데 어떻게… 더구나 그 큰 상처가 어떻게
하나도 보이지 않는지… 후우~ 진짜 귀신을 보는 것 같습니
다."

박태경이 최선동을 보며 입을 열었다.

"지금 은지 학생을 재검진 하기 위해 준비를 해놓았습니다. 가시죠."

"예!"

최선동과 박은정 부부가 고개를 끄덕였다.

장례식장에서 딸의 죽음에 통곡을 하고 있던 그들로서는 장례식보다는 딸의 부활을 의학적으로 다시 검증하는 것이 무엇보다 중요했다.

이내 최은지를 대동한 의료진들이 빠르게 장례식장을 빠져 나가기 위해 입구로 향했다.

그때 유채영의 옆에 앉아 있던 장수란이 자신과 다투던 최선동과 박은정을 막아섰다.

"무슨 일이에요? 이 사람들 어디로 가는 거예요?"

자살한 딸의 유언장을 인터넷에 공개한다는 것으로 인해 예민한 반응을 보이던 장수란이었다.

유언장의 공개는 중요한 것이 아니었지만 그 속에 딸의 이름이 들어 있다는 것은 장수란에겐 절대로 용납할 수 없는 일이었다.

다행히 자신의 딸이 빠르게 깨어나자 안도의 한숨을 내쉬던 장수란이었다.

최은지는 의사들에게 이끌려 장례식장을 빠져 나가며 자신을 괴롭혔던 유채영과 그들의 패거리들을 서늘한 시선으로 내려다보았다.

"……!"

유채영은 최은지의 시선과 마주치는 순간 온몸에서 소름이 돋아나는 느낌이었다.

마치 귀신과 눈이 마주치는 듯한 섬뜩한 느낌이었다.

하지만 곧 최은지가 다시 살아남으로 인해서 자신들과 친구들에게 닥쳐올 아득한 미래가 절망감으로 다가왔다.

빠져나갈 수 없고 도망칠 수도 없는 현실이었다.

최은지가 유채영을 보며 나직하게 입을 열었다.

"조만간 다시 만나게 될 거야. 그때는 예전과는 다른 상황일 테니 각오해야 할 거야, 유채영."

"나, 난……."

그때였다.

"넌 뭐냐?"

장수란이 최은지를 쏘아보았다.

최은지의 눈이 장수란과 유채영을 번갈아 바라보았다.

닮은 얼굴이었기에 장수란이 유채영의 어머니라는 것을 금방 알 수 있었다.

최은지가 나직하게 말했다.

"채영이 어머님이신가 보군요. 제가 누군지는 딸 유채영이에게 물어보세요. 그리고 아마 유채영은 두 번 다시 세상에 얼굴을 내밀고 다니지 못하게 될 거예요. 제 생각으로는 대한민국이 아닌 다른 나라로 이민을 가는 게 좋을 것 같은

데… 저기 유채영이 좋아하는 친구들과 함께요."

순간 장수란의 얼굴이 일그러졌다.

"뭐야? 이 조그만 게……."

장수란의 손이 들렸다.

어른에게 대드는 최은지의 맹랑함에 자신도 모르게 손을 들어 올린 것이었다.

자신이 재단 이사장으로 있는 영진장학재단에서도 재단직원이 실수를 하거나 마음에 들지 않으면 따귀를 후려치거나 발길로 걷어차는 등 습관처럼 폭력을 행사 하던 장수란이었다.

그런 장수란에게 최은지에 대한 손찌검은 예사로운 그녀의 습성과도 같은 것이었다.

장수란이 손을 들어 올리는 순간 누군가 그녀의 팔목을 잡았다.

"지금 뭐하는 겁니까?"

최은지의 아빠인 최선동이었다.

최선동은 유채영의 어머니인 장수란이 딸을 때리려 하자 참을 수가 없었다.

딸의 장례를 치르던 분향실을 난장판으로 만들 정도로 예의 없고 기적적으로 살아서 돌아온 딸에게 다시 손찌검을 하려는 여자였다.

장수란은 최선동에게 손목을 잡히자 눈을 부릅떴다.

"이거 뭐야? 놔! 안 놔? 어디서 감히 누구 손을 잡아?"

최선동은 치밀어 오르는 노기를 억누르며 싸늘하게 말했다.

"내 딸에게 손찌검을 하려는 인간은 그게 누구든 내가 용서하지 않아. 그건 당신도 마찬가지고."

탁—

최선동은 차마 장수란을 후려치지 못하고 그대로 뒤쪽으로 밀었다.

"어멋!"

장수란이 뒤로 휘청이며 물러섰다.

유채영이 짧게 외치는 소리가 들렸다.

"엄마!"

유채영은 자신의 엄마가 누군가에 떠밀려 뒤로 물러나는 것을 처음으로 보았다.

유채영의 눈이 커졌다.

최선동에 의해 뒤로 밀려난 장수란의 얼굴이 하얗게 질려가고 있었다.

누구도 지금까지 자신에게 이런 식으로 대하는 사람은 없었다.

모두가 자신을 만나면 허리를 조아리기 바빴고 자신에게 잘 보이기 위해서 아양을 떨었다.

더구나 남편이 아닌 다른 사람이 자신의 몸에 손을 댄 적은

단 한 번도 없었다.

장수란의 몸이 바들바들 떨리고 있었다.

장수란이 뾰족하게 소리쳤다.

"뭐해? 이 남자 잡아. 그리고 양 비서는 채영 아빠에게 전화해서 당장 이리로 오라고 해. 여기 병원사람들도 누구든 날 막으면 각오해야 할 거야."

남편 유정호가 움직이면 검찰총장이라도 달려와야 할 것이었다.

더구나 자신과 딸이 봉변을 당했다고 한다면 아마 이곳 세영병원까지 무사하지 못할 것이라고 믿었다.

장수란으로서는 감히 자신의 몸에 손을 댄 최선동을 용서할 수가 없었다.

더구나 맹랑하게 자신과 자신의 딸에게 당돌하게 군 최은지까지 단단히 혼을 내줄 생각이었다.

장수란의 고함소리에 그녀가 데리고 온 비서들이 허둥댔다.

이곳이 대학병원이고 좀 전의 상황은 장수란이 잘못한 것이라는 것을 그들도 알고 있었다.

하지만 장수란이 시키는 일을 하지 않을 수는 없는 일이었다.

그때였다.

"지금 뭐하는 거예요? 여기 병원이에요."

김동하가 천명을 불어넣어 살려낸 최은지로부터 왜 그런 선택을 한 것인지 모두 전해들은 한서영이 결국 터졌다.

한서영에게 유채영은 사람의 얼굴을 뒤집어쓴 어린 악마였다.

너무나 사악해서 기절을 한 유채영의 몸에 손도 대기 싫었던 한서영이었지만 의사라는 본분 때문에 어쩔 수 없이 상태를 살펴야 했다.

유채영이 싸가지 없는 여학생이라는 것을 알고 있는 한서영이 장수란의 행동을 보며 결국 참지 못했다.

남자답고 대범한 성격의 한서영이었다.

장수란이 약간 놀란 얼굴로 한서영을 바라보았다.

조금 전까지 자신의 딸 유채영의 치료를 해주었던 아름다운 여의사가 눈썹을 상큼하게 치켜 올리고 자신을 쏘아보고 있었다.

장수란의 눈이 번득였다.

"뭐 이런 병원이 다 있어? 너 의사지? 소속이 어디야?"

장수란의 말에 한서영의 표정이 굳어졌다.

"당신 딸이 지금까지 저 여학생에게 어떤 짓을 한 건지 알고 지금 이러는 건가요?"

한서영이 약간 상기된 얼굴로 서 있는 최은지를 손으로 가리켰다.

한서영의 입에서 서늘한 목소리가 흘러나왔다.

212

"당신 딸은 사람의 껍질을 쓴 악마예요. 그나마 여기가 병원이라서 내 손이 더러워져도 당신 딸을 보살핀 것을 다행으로 알아야 할 거예요."

순간 장수란의 눈이 치켜떠지고 있었다.

"방금 뭐라고 했어?"

"왜요?"

한서영이 지지 않고 장수란을 쏘아보았다.

한서영의 성격상 절대로 장수란에게 굽히지 않을 것이었다.

장수란의 얼굴이 표독하게 변했다.

"이런 미친년이 꼴에 의사라고 감히 누구에게 덤벼드는 거야? 내가 누군지 알아?"

한서영이 차가운 목소리로 대답했다.

"저 싸가지 없는 악마같은 계집애의 엄마가 아닌가요? 내 딸 좀 살려달라고 한 것으로 들었는데? 아니면 조용한 병원을 난장판으로 만드는 정신 나간 여편네든가……."

빈정거리듯 말하는 한서영이었다.

한서영은 이미 최은지의 장례식장을 완전히 난장판으로 만든 사람이 장수란이라는 것을 알고있었다.

영안실에서 깨어난 최은지와 함께 이곳에 도착하면서 모든 것을 지켜본 한서영이었다.

또한 최은지의 등장에 놀라 정신을 잃었던 유채영의 상태를 보며 놀라서 딸을 살려달라고 외치던 장수란을 기억하고 있었다.

장수란의 말에 단 한마디도 지지 않고 대꾸하는 한서영의 모습은 너무나 당찬 느낌이었다.

최태영과 유상태는 한서영이 갑자기 끼어들자 놀란 표정을 지으며 그녀를 불렀다.

"야! 한서영."

"서영아!"

내외과의 최고위 의료진들이 모두 모여 있는 곳이 바로 이곳이었다.

이런 곳에서 한서영이 외부인과 싸우자 정작 기겁을 한 것은 최태영과 유상태였다.

이런 곳에서 찍히면 그야말로 인턴생활을 마감해야 할지도 몰랐다.

인턴생활을 하지 못하면 전문의는 그야말로 물 건너 가는 것이었기에 기겁을 하며 한서영을 말리는 두 사람이었다.

내과 과장인 김철민 과장이 놀란 얼굴로 한서영을 바라보았다.

그 역시 영안실에서 되살아난 최은지를 보기 위해서 이곳으로 달려온 것이었다.

병원에서 의사와 외부인들이 싸우는 것은 철저한 금기중의 하나였다.

세영대학 병원 정형외과 과장이자 세영대학 병원의 실세 중의 실세라고 할 수 있는 박태경 박사가 이마를 찌푸렸다.

"자네 지금 뭐하고 있는 건가?"

한서영이 머리를 돌렸다.

"그게 아니라……."

막말을 하려던 한서영의 앞으로 장수란이 득달같이 달려들었다.

자신의 딸에게 '인간의 껍질을 쓴 악마'라는 막말을 하고 자신에게는 병원을 시끄럽게 만든 천박한 여편네라는 말을 듣는 순간 장수란의 이성의 끈이 끊어진 것이었다.

용서할 수도 없고 용인할 수도 없는 말이었다.

"이년! 감히 내가 누군지 알고… 네년은 병원장이 아니라 보사부 장관이 와도 내가 용서하지 못해. 아예 너 의사면허 떼어내고 평생 병원 구경하지 못하게 만들어줄게. 그게 안 되면 여기 병원전체를 가루로 만들어 버릴 거야."

날카롭게 손톱을 세워 한서영의 얼굴을 할퀴려는 듯이 달려드는 장수란의 얼굴은 그야말로 악귀의 모습처럼 보이고 있었다.

한서영으로서는 장수란이 이렇게 달려들 거라곤 생각하지 못했다.

대동한 경호원들을 시키거나 욕설이나 내 뱉을 것이라고 생각하고 있다가 장수란이 달려들자 얼굴을 굳혔다.

장수란의 얼굴은 그야말로 표독했다.

더구나 곤두세운 날카로운 장수란의 손톱에 얼굴이 긁힐 경우 살점까지 뜯겨 나갈 정도로 장수란의 태도는 너무나 드셌다.

그때였다.

타악—

날카롭게 곤두선 장수란의 손톱이 갑자기 가로막혔다.

장수란의 앞을 누군가 막아서면서 날카로운 장수란의 손톱을 손바닥으로 막은 것이었다.

한서영으로서는 등이 서늘해지는 순간이었다.

한 뼘만 더 뻗어왔다면 얼굴에 치명적인 상처를 입을 뻔했다.

장수란은 한서영의 아름다운 얼굴을 걸레짝으로 만들어 놓을 심산이었다.

그런 장수란의 손길을 누군가 막아서자 놀란 얼굴로 자신의 앞을 막은 사람을 바라보았다.

장수란의 행동이 저지되자 장수란이 대동하고 온 경호원들이 급하게 김동하의 앞으로 빠르게 다가섰다.

"지금 뭐하는 것입니까?"

경호원들이 김동하의 얼굴을 바라보며 차갑게 말했다.

행여 김동하가 장수란에게 손찌검이라도 하는 날에는 자신들은 모두 잘리게 될 것이고 김동하 역시 곤욕을 면치 못할

것이었다.

그들로서는 장수란을 보호하지 못한 책임을 톡톡히 지게 될 것이 두려웠다.

장수란의 표독한 성미를 그들보다 더 잘 알고 있는 사람은 없었기에 장수란이 해를 입기 전에 김동하를 제지하기로 한 것이었다.

그때 김동하의 입에서 나직한 목소리가 흘러나왔다.

"품은 성정이 뱀처럼 사악하고 욕심은 천길이 넘는 물속처럼 끝이 없는 분이시네요. 스스로 만든 업이니 그 대가도 본인이 치르셔야 할 겁니다."

김동하의 목소리는 너무나 차분하고 담담했다.

하지만 김동하의 눈빛 깊은 곳에서는 너무나 차갑고 서늘한 한기가 흘렀다.

장수란 같은 여인은 자신이 떠나왔던 시절의 기준으로 본다면 악녀 중의 악녀라고 할 수가 있을 것이었다.

장수란의 얼굴이 굳어졌다.

"지금 뭐하는……."

말을 하던 장수란은 자신의 손톱이 막힌 김동하의 손에 의해 자신의 몸에서 무언가 빠져 나간다는 생각이 들었다.

그것은 너무나 전율스런 느낌이었다.

"아……."

장수란의 입에서 나직한 탄성이 흘렀다.

김동하의 손에서 자신의 손톱을 떼어내려 했지만 떨어지지 않았다.

마치 무언가 김동하의 손바닥에 숨겨져서 자신의 몸을 끌어당기는 듯한 느낌이었다.

"이게……?"

장수란의 눈이 커졌다.

그녀는 다른 곳으로 시선을 돌리지 못하고 김동하의 손바닥에 맞닿아 있는 자신의 손등을 바라보았다.

한순간 장수란의 얼굴이 하얗게 질려가고 있었다.

매일처럼 피부관리샵에 들러 피부 관리를 받고 네일샵에 들러 손톱관리를 받아왔던 장수란의 손은 그야말로 20대의 젊은 여자처럼 팽팽한 탄력을 자랑했다.

얼굴의 주름을 없애기 위해서 시술도 하고 전문가에게 맡겨 관리도 게을리 하지 않는다.

그 때문에 비록 50대 초반의 나이였지만 2—30대의 젊은 여인들처럼 팽팽한 젊음을 유지하고 있는 장수란이었다.

더구나 평소에 자신의 미모만큼은 그 누구와 비교해도 떨어지지 않는다고 자부하고 있었다.

그런 장수란의 손등에 변화가 생기기 시작했다.

장수란은 김동하의 손바닥에 자신의 손을 대고 있었기에 자신의 손등이 바로 보였다.

처음에는 자신의 손등에 혈관이 보이는 듯 투명해진다고

생각되었지만 이내 손등에 주름이 만들어지고 있었다.

　동시에 그녀의 얼굴도 세안을 하고 화장을 하지 않은 듯 얼굴이 당긴다는 느낌이 들었다.

　"아아."

　장수란의 눈이 찢어질 듯 부릅떠지고 있었다.

　김동하가 조용히 장수란의 손에서 손을 뗐다.

　김동하는 하얗게 질린 장수란의 얼굴을 빤히 바라보며 입을 열었다.

　"시간이 흐를수록 상실감은 커지게 될 것입니다. 미리 각오를 하시는 것이 좋겠지요."

　김동하가 손을 떼는 순간 장수란은 마치 온몸에 힘이 빠져나간 듯 휘청거렸다.

　"엄마! 왜 그래?"

　유채영이 놀란 얼굴로 장수란에게 달려왔다.

　"이사장님!"

　"이사장님!"

　장수란이 대동한 경호원들도 장수란이 휘청이자 장수란에게 달려왔다.

　장수란이 털썩 바닥에 주저앉았다.

　갑자기 온몸에서 힘이 빠져나갔다.

　너무나 허탈하고 전율이 일었다.

　소름이 끼칠 정도로 불쾌하고 괴로운 느낌이었기에 장수란으로서는 끔찍하다는 생각밖에는 들지 않았다.

장수란이 치켜뜬 눈으로 김동하를 올려 보았다.

김동하의 너무나 담담한 눈빛이 그녀의 두 눈 속으로 파고 들어왔다.

단지 김동하와 손이 마주쳤을 뿐이기에 김동하가 장수란을 때린 것도 아니었다.

더구나 장례식장의 곳곳에 CCTV가 설치되어 있었기에 정작 폭행을 하려 했던 사람은 장수란이라고 할 것이었다.

김동하가 장수란이 데려온 경호원들을 보며 나직하게 입을 열었다.

"정기를 상실하여 몸에 힘이 빠져서 그런 것이니 빨리 데려 가서 쉬게 하는 것이 좋을 겁니다."

김동하의 말에 경호원들이 멍한 표정을 지었다.

가볍게 손만 마주친 것일 뿐인데 천하의 장수란이 이런 모습으로 변할 것이라곤 누구도 생각하지 못했다.

잠시 머뭇거리던 경호원들이 급하게 장수란의 몸을 부축했다.

그때 한서영이 지금까지의 모든 상황을 지켜보고 있던 세영대학 병원의 의료진들과 박태경 박사를 향해 입을 열었다.

"저 여자 분이 장례식장을 난장판으로 만들고 최은지 양을 해치려 하여 잠시 끼어들었습니다. 죄송합니다. 징계처분을 내리신다면 달게 받겠습니다."

한서영의 목소리는 무척이나 고분했다.

박태경 박사가 이마를 찌푸리며 장수란과 그녀의 일행을 바라보다가 머리를 흔들었다.

아무 말도 하지 않고 몸을 돌리는 박태경 박사의 뒤를 다른 의료진들이 따르고 있었다.

내과과장 김철민 교수가 한서영에게 다가왔다.

"무급근신 10일이야. 그 후 자네처분은 다시 상벌위원회의 조치를 거쳐 결정될 것이니 그렇게 알고 있어."

한서영의 얼굴이 굳어졌다.

하지만 그 결정에 따지고 들 수는 없는 일이었다.

"알겠습니다."

"쯧! 천방지축처럼 날뛰더니… 낄 곳이 따로 있지 여기가 어디라고 끼어들어?"

김철민 교수가 화가 난 표정으로 한서영을 바라보다 몸을 돌렸다.

한서영이 가볍게 한숨을 불어냈다.

그때 한서영의 곁을 스치는 최은지가 입을 열었다.

"고맙습니다, 언니!"

최은지는 자신을 위해 막아서준 한서영이 너무나 고마웠다.

한서영이 말없이 고개를 끄덕였다.

그때 최태영과 유상태가 한서영의 앞으로 다가왔다.

"너 왜 그랬어? 나서지 말라고 했잖아?"

최태영이 질책하는 얼굴로 한서영을 바라보다 힐끗 김동하에게 시선을 던졌다.

그는 한서영의 징계보다 한서영이 자신의 입으로 '약혼자'라고 소개한 김동하에 대해서 더 궁금한 것이 많은 얼굴이었다.

김동하는 아무런 말도 없이 바닥에 주저앉아 있는 장수란을 보았다.

장수란은 초점을 잃은 시선으로 멍하게 앞을 바라보고 있었다.

한순간에 전신에 힘이 빠져 나가는 듯한 엄청난 상실감이 찾아왔다.

장수란으로서는 견딜 수 없을 정도로 허탈감을 느끼게 만들었다.

그것은 악녀처럼 발악하던 장수란을 무력하게 만들었다.

유상태 역시 한서영을 보며 입을 열었다.

"너 어떻게 할 거야? 김 교수님이 저렇게 화내는 것을 본 적이 없어."

유상태는 한서영이 근신 10일이라는 징계를 받은 것이 보통 일이 아니라고 생각하고 있었다.

한서영이 나직하게 말했다.

"상관없어."

한서영은 자신의 징계에 대해서 그다지 큰 걱정이 되지 않았다.

자신이 잘못한 것이 없다는 것을 자부하고 있었기 때문이었다.

비록 근신이라는 징계로 인해서 전임의의 자격을 취득하는 것이 어려워 질 수는 있겠지만, 기적적으로 회생한 최은지에게 손찌검을 하려 했던 장수란에게 응징을 한 것은 틀리지 않은 선택이었다고 믿었다.

한서영의 앞을 최은지가 미안한 표정을 지으면서 스쳐갔다.

한서영의 눈이 반짝였다.

그때 장수란이 자신을 이곳까지 수행해온 경호원들에게 의지하여 힘없이 장례식장을 빠져 나가고 있었다.

장수란으로서는 혼자서는 도저히 걸을 수가 없었다.

어떻게 된 것인지 손가락 하나 움직이는 것도 힘이 들었고 조금 전까지 세영대학 병원의 의료진들까지 몰아쳐대던 성질도 누그러진 모습이었다.

창백하게 질린 얼굴로 눈을 꼭 감은 장수란이 경호원들의 부축을 받으며 장례식장을 떠났다.

자신의 엄마가 경호원들의 부축을 받으며 떠나는 것을 지켜본 유채영의 얼굴이 딱딱하게 굳어졌다.

엄마를 저렇게 만든 김동하를 노려보았지만 김동하가 엄마에게 어떤 짓도 하지 않았다는 것을 자신의 눈으로 지켜보았다.

그저 한서영의 얼굴을 할퀴려던 엄마의 손을 그냥 손바닥으로 막았을 뿐이었다.

그것이 어떤 위압적인 행동이 아니었다는 것을 유채영도 알고 있었다.

오히려 폭력적인 행동을 했던 것은 엄마 장수란이었다.

김동하가 말리지 않았다면 엄마의 성격에 저 예쁜 여자 의사는 아마 얼굴이 피투성이가 되었을 수도 있었다.

아빠가 가진 엄청난 영향력과 엄마의 재력이라면 이 세상에서 두려울 것이 없다는 것을 유채영은 이미 18세의 나이에 너무나 잘 알고 있었다.

엄마의 뾰족한 성격을 잘 알고 있는 유채영이었기에 어쩌면 세영대학 병원을 발칵 뒤집어 놓을 수도 있을 것이라고 생각했다.

하지만 무슨 이유인지 엄마는 전혀 다른 사람처럼 축 늘어져 경호원의 부축을 받고 있었다.

경비원과 함께 장례식장을 나서는 엄마를 당장이라도 따라가야 하지만 그녀의 발은 움직이지 않았다.

마치 이곳을 떠나게 되면 자신에게 감당할 수 없는 큰일이 닥치게 될 것 같은 두려움이 그녀의 심장을 옥죄고 있었다.

유채영에게 가장 중요한 것은 최은지의 입을 막고 최은지

에게 용서를 구해야 하는 것이었다.

행여 최은지의 입에서 자신들이 지금까지 한 행동이 모두 드러나게 된다면 그것은 유채영과 나머지 친구들의 푸른 청춘이 나락으로 떨어지게 될 것이었다.

최은지가 유채영의 곁을 스쳤다.

순간 유채영은 마치 최은지가 자신의 목을 옥죄는 것 같은 너무나 섬뜩한 압박감을 느꼈다.

최은지가 유채영을 싸늘한 시선으로 바라보며 나직하게 입을 열었다.

"곧 다시 만나게 될 거야. 유채영."

최은지의 속삭이는 듯한 말에 유채영이 몸을 떨었다.

"으, 은지야."

유채영의 입에서 떨리는 목소리가 흘러나오고 있었다.

하지만 최은지는 이미 유채영의 곁을 스쳐 지나가버렸다.

유채영과 함께 서 있던 여학생들이 하얗게 굳은 얼굴로 의사들을 따라서 장례식장을 나서는 최은지의 모습을 바라보았다.

아직도 그녀들의 눈에는 죽은 최은지가 자신들을 지옥으로 데려가기 위해 돌아왔다는 말이 환청처럼 들려오고 있었다.

김선혜가 떨리는 목소리로 유채영을 불렀다.

"채, 채영아. 어떻게 해?"

"우리 이제 정말 어쩌지……?"

여학생들의 얼굴은 거의 사색이 되어 있었다.

최은지를 괴롭힐 때는 지금의 상황이 자신들에게 닥치게 될 것이라곤 꿈에도 상상하지 못했다.

하지만 지금은 달랐다.

아직 어린 여학생들이었지만 그녀들에게 지옥이 열리고 있었다.

최은지가 자신을 스쳐가자 유채영이 어금니가 꾸욱 깨물었다.

"아빠에게 말할 거야. 우리 아빠라면 은지를 막아줄 거야."

유채영은 조금 전의 최은지가 자신에게 남긴 말을 들으며 죽었다가 다시 살아난 최은지가 절대로 자신과 친구들을 용서하지 않을 것임을 절감했다.

또한 지금까지 자신과 친구들을 무서워하던 최은지가 아니라는 것을 직감하였다.

죽었다가 다시 살아난 최은지는 전혀 다른 사람처럼 느껴질 정도였다.

유채영으로서도 그것이 가장 두려운 부분이었다.

다시 살아난 최은지에게 어떤 일이 있었는지 궁금했지만 확실한 것은 예전처럼 자신을 두려워하고 겁에 질려 시키는 대로 하던 최은지가 아니라는 것은 분명했다.

유채영의 눈빛이 흔들렸다.

그녀의 시선이 부모의 손을 잡고 의사들을 따라 장례식장

을 나서는 최은지의 등을 말없이 바라보고 있었다.

유채영이 속삭이듯 또다시 중얼거렸다.

"네가 어떻게 다시 살아서 돌아왔는지는 모르지만 그렇다고 달라지는 것은 없을 거야, 틀림없이……."

고작 18세의 어린 나이의 유채영이었지만 지금의 유채영의 모습은 좀 전에 김동하에게 자신의 진력을 회수당한 엄마 장수란과 빼박은 듯이 닮아 있었다.

자신의 장례식장을 나와서 검사를 위해 의사들과 병동으로 향하는 최은지는 김동하의 배려로 다시 천명을 돌려받은 것이 꿈처럼 느껴지고 있었다.

최은지는 다시 살아나 재회한 엄마와 아빠의 손을 잡고 자신의 몸을 검진하기 위해 병동으로 걸음을 옮기는 의사들의 뒤를 따르고 있었다.

그러면서도 그녀는 몇 번이고 뒤를 돌아보며 한서영과 김동하의 모습을 확인했다.

"……."

최은지의 눈에는 두 사람의 모습이 하늘에서 내려와 현신한 신처럼 비춰지고 있었다.

조선남자

朝鮮男子

-천능의 주인-

악몽(惡夢)

　무급근신 10일은 징계 기간 동안 병원에 출근도, 인턴으로
서의 근무도 할 수 없다는 것을 의미했다.

　최태영이 김철민 교수를 찾아가 한서영의 징계를 철회해달
라고 부탁을 했지만 평소에는 부드럽던 성격의 김철민 교수
가 완고한 태도를 보였다.

　그도 그럴 것이 세영대학교의 실세 중의 실세라고 할 수 있
는 정형외과 박태경 교수의 앞에서 내과를 책임진 자신의 얼
굴에 먹칠을 한 사람이 바로 한서영이었기 때문이었다.

　박태경 교수는 가장 유력한 차기 세영대학 병원의 병원장
으로 낙점이 된 사람이었다.

그런 박태경 교수 앞에서 내과의 체면을 구긴 김철민 교수는 견딜 수 없는 치욕감을 느꼈고 한서영을 쉽게 용서할 수는 없었다.

　전문의 자격을 얻기 위해서 대학 병원의 인턴 신분으로 근무하는 한서영으로서는 엄청난 고비를 맞이한 셈이었다.

　하지만 한서영은 전혀 개의치 않는 얼굴이었다.

　옳지 않은 것을 보고 묵인하고 외면한 대가로 전문의의 자격을 얻는 것이라면 한서영은 전혀 그것을 욕심내고 싶지 않았다.

　한서영이 자신의 책상을 정리했다.

　주차장에서 김동하가 기다리고 있었기에 서둘러 병원을 벗어나고 싶었다.

　유상태가 책상을 정리하고 있는 한서영을 보면서 입을 열었다.

　"그 여자 성격이 보통이 아니던데 어쩌려고 그랬어? 행여 그 여자가 병원 측에 클레임이라도 걸어오면 서영이 너 인턴 자리도 위험해. 안 그래도 내과 인턴 T.O 늘려달라고 청원이 계속 들어오고 있는 거 알면서……."

　유상태의 얼굴에 살짝 근심어린 표정이 떠올라 있었다.

　유상태로서는 한서영과 말다툼을 하던 유채영의 어머니 장수란이 이대로 끝을 낼 것 같은 생각이 들지 않았다.

　김철민 교수의 근신 10일 처분은 징계라고 할 수 없는 가벼

운 징계였다.

만약 한서영에게 창피를 당한 장수란이 병원 측에 항의를 해 온다면 한서영은 근신 10일이 아닌 인턴에서 해임이 될 수도 있는 게 문제였다.

한서영이 담담한 얼굴로 대답했다.

"옳지 않은 것을 뻔히 알면서도 신분이 의사이니까 참아야 한다는 것이 오히려 부끄러운 거야. 그것으로 내가 인턴에서 잘린다고 해도 상관없어."

한서영의 대답은 단호했다.

막 책상을 정리하던 한서영은 자신이 사용하는 책상 서랍에 눈에 익은 것이 보이자 살짝 입을 벌렸다.

"이걸 잊고 있었네."

한서영이 한 뼘쯤은 되어 보이는 작은 막대기 하나를 집어 들었다.

그것은 한서영이 김동하와 만난 직후 김동하가 나타났던 자리에서 발견한 불진의 자루였다.

돌려준다고 생각하고 있었지만 깜박 잊고 있었다.

한서영이 불진의 자루를 잡고 잠시 바라보다가 이내 자신의 가방에 불진을 넣었다.

집에 돌아가서 김동하에게 돌려줄 생각이었다.

벌컥.

그때 문이 열리면서 최태영이 굳은 얼굴로 들어섰다.

최태영은 책상을 정리하고 있는 한서영을 보면서 입술을 잘근 깨물었다.

한서영의 성격이 당차고 거침이 없다는 것은 알고 있었지만 병원을 방문한 외부인과 말싸움을 할 정도로 다혈질이라는 것은 그도 의외라고 생각했다.

최태영이 힐끗 한서영을 바라보았다.

한서영은 김동하의 불진의 자루를 끝으로 자신이 정리해야 할 것은 거의 정리를 다 했다.

최태영이 한서영을 보며 입을 열었다.

"속이 시원한 얼굴이네? 오히려 기다렸던 것 같은데?"

최태영은 당장 내일부터 10일 동안은 한서영을 볼 수 없다는 것이 신경에 거슬렸다.

한서영이 힐끗 최태영을 바라보았다.

"선배가 오히려 더 시원할 것 같은데요? 절 10일 동안 보지 않아도 되니까 말이에요."

한서영의 말에 최태영이 되받아 치려다 입술을 꾸욱 다물었다.

"근데 정말 그 젊은 남자가 네 약혼자야?"

최태영은 한서영이 자신의 약혼자라고 소개했던 김동하가 너무나 거슬렸다.

별다른 직업도 없고 연기를 지망하는 사람이라는 단 하나의 설명만으로는 김동하의 존재가 이해가 되지 않았다.

남자라면 소가 닭 보듯 하는 한서영이었다.

아무리 잘생기고 명석한 두뇌를 가진 사람이라고 해도 한
서영의 앞에서는 그냥 여자와는 생리적으로 다른 단순한 남
자란 존재일 뿐이었다.

그것을 가장 현실적으로 증명하는 것이 바로 자신이었다.

세영대학 병원의 레지던트 중에서 전문의 자격에 가장 가
까운 사람이 바로 자신이었다.

또한 미래 세영대학 병원의 내과 전임교수까지 꿈꿀 정도
로 자신의 실력에 자신이 있는 사람이다.

전임의 자격을 따고 곧장 자신의 개인병원을 개업할 수도
있었다.

그런 자신에게도 관심이라곤 발톱의 때만큼도 없는 여자가
바로 한서영이었다.

최태영의 시선이 한서영을 바라보았다.

한서영이 잠시 최태영을 바라보다가 입을 열었다.

"그게 왜 궁금한 거예요?"

최태영이 한서영의 얼굴을 빤히 바라보며 입을 열었다.

"네가 한서영이니까."

"네?"

한서영의 눈이 살짝 치켜 올라가고 있었다.

최태영이 입을 열었다.

"병원 내에서 내과, 외과를 막론하고 한서영이 남자에 대

해서 무관심하다는 것을 모르는 사람이 없어. 간호원들도 다 알고 있는 사실이지. 그런 한서영에게 약혼자가 있다는 것을 누가 믿겠어?"

한서영이 웃었다.

"나라고 평생 결혼도 하지 않고 혼자 살 거라 생각해요?"

최태영이 눈을 부릅떴다.

"정말 그 친구랑 결혼을 한다고?"

한서영이 생긋 웃었다.

"약혼자라는 말이 무슨 뜻인지 몰라요? 결혼을 약속했다는 사이를 약혼자라고 하는 것 아닌가요?"

한서영의 대답은 거침이 없었다.

최태영이 물끄러미 한서영을 바라보다가 다시 물었다.

"연기를 지망하는 사람이라는 것도 사실이야?"

한서영이 대답했다.

"저의 사생활에 대해서 너무 많이 궁금해 하시네요."

"변변한 직업도 없고 그저 반반한 얼굴로 연기를 하겠다는 사람인데 너무 무능한 사람을 선택한 것이 아닌가?"

한서영이 웃었다.

"선배가 그 사람에 대해서 나보다 많이 아는 게 있나요?"

"걱정되어서 하는 말이야."

한서영이 대답했다.

"그 사람이 어떤 일을 하든 어떤 생각을 하든 또 어떤 미래

를 꿈꾸든 선배와는 상관이 없는 일이에요. 그리고 더 이상 그 사람에 대해서 언급하는 것은 그만 두시는 게 좋겠어요. 불쾌하니까요."

한서영은 최태영에게 김동하에 관해서 자신이 이런 식으로 항변하고 있다는 것에 스스로도 놀랐다.

생각해 보면 김동하와는 그 어떤 연관성도 없다고 할 수도 있는 일이었다.

최태영의 얼굴이 굳어졌다.

자신의 마음속에 담아두었던 한서영이라는 여자의 그림자가 허무하게 지워지고 있다는 느낌이 들었다.

최태영이 한서영을 바라보며 입을 열었다.

"맞아. 내가 그 남자에 대해서 굳이 간섭할 일은 아니지."

"고맙네요."

한서영이 간단히 대답하고 자신의 물건을 담은 가방을 어깨에 걸었다.

짐은 많지 않았다.

자신이 읽던 의학서 몇 권과 여성용 소지품 그리고 간단한 세면도구같은 것들이 전부였다.

한서영이 막 방문 쪽으로 향하려던 순간이었다.

이대로 떠나면 징계가 풀리는 10일 동안은 병원에 올 일은 없어질 것이었다.

최태영은 한때 한서영과의 미래를 꿈꾸었던 자신의 계획을 지금 이 순간 완전하게 포기하고 말았다.

한서영은 절대로 자신의 여자가 될 수 없는 사람이라는 것을 그제야 느낀 것이었다.

차갑고 냉정한 성격을 가지고 있던 최태영은 한서영에 대한 포기 역시 단호한 느낌이었다.

하지만 포기를 하면 다른 것이 보이는 법이었다.

잠시 한서영을 바라보던 최태영이 입을 열었다.

"너 저번에 1201호에서 ABGA 채혈했던 사람 기억하냐?"

최태영의 말에 한서영의 얼굴이 굳어졌다.

"그게 왜요? 뭐 잘못되었나요?"

최태영이 머리를 흔들었다.

"ABGA 채혈은 잘못된 것이 없어. 오히려 그렇게 능숙하게 처리하는 것을 보고 나도 놀랄 정도였으니까."

"그런데요?"

한서엉의 맑은 눈이 깜박였다.

의사의 가운을 벗고 외출복으로 갈아입은 한서영의 모습은 새삼스럽게 느껴질 정도로 매력적이고 아름다웠다.

"너⋯⋯."

최태영이 마른침을 삼켰다.

최태영의 입이 열렸다.

"그때 그 특실에 입원한 환자가 누군지 아니?"

"환자의 신분까지 다 알아야 해요? 채혈만 하면 되는 거 아

니었어요?"

최태영은 한서영이 그의 손으로 ABGA채혈을 한 환자의 신분을 모른다는 것을 알고 고개를 끄덕였다.

하긴 한서영이라면 환자의 신분 따위는 궁금해 하지도 않을 여자였다.

최태영이 힐끗 유상태를 바라보았다.

"야! 너 그 동신그룹의 기획실 직원한테 받은 명함 아직 가지고 있지?"

유상태가 눈을 껌벅이다가 이내 자신의 가운 주머니에 손을 넣었다.

그의 손끝에 얇은 명함의 감촉이 느껴졌다.

"예! 가지고 있습니다."

"그거 서영이한테 줘라."

"알겠습니다."

"여기."

유상태가 명함을 끄집어내어 한서영에게 내밀었다.

한서영이 유상태의 손에 들린 명함을 보며 눈을 껌벅였다.

"이게… 뭐예요?"

최태영이 대답했다.

"네가 특실에서 ABGA 채혈한 그 환자가 동신그룹의 기획조정실장이라고 하는 사람이더라. 이름은 박영진이야. 채혈 당시 서영이 네가 시술하는 것을 보고 마음에 들었다고 하던데 꼭 한 번 만나고 싶다고 하더군. 명함에 연락처가 있으니 한 번 연락해 봐, 네 전화번호를 가르쳐 달라고 하는 것을 거절했더니 명함을 주고 연락해 달라고 했어.”

최태영의 말에 한서영의 눈이 껌벅였다.

“내가 왜 그 사람을 만나야 해요?”

“동신그룹 기획조정실장이라는 말이다.”

“근데 그게 무슨 상관인데요?”

한서영은 최태영의 말이 이해가 되지 않았다.

최태영이 입을 열었다.

“네 약혼자라는 남자보다 훨씬 잘난 남자야. 솔직히 나도 널 좋아했고 너와 함께 둘이서 따로 개원까지 해보려는 야심도 있었지만 포기했어. 하지만 그 동신그룹의 기획조정실장은 보통의 기준으로 평가하기에는 너무 대단한 위치에 있는 사람이야. 오늘 같은 일이 또다시 벌어진다고 해도 널 보호해줄 능력이 있는 사람이라는 말이지. 연기를 꿈꾼다는 너의 그 약혼자와는 비교를 할 수가 없을 정도로…….”

최태영의 말은 틀리지 않았다.

동신그룹이라면 대한민국의 재계서열 10위권에 드는 대기업이었고 정관계에서도 엄청난 영향력을 가진 기업이었다.

한서영이 최태영의 얼굴을 물끄러미 바라보았다.

“선배의 그 기준이 참으로 이해가 되질 않네요. 전 그 누구의 배경을 본 적도 없고 그것을 놓고 누구랑 비교도 해본 적

이 없어요. 그 사람이 저에게 시술을 받은 뒤에 호감을 느꼈다면 그건 그 사람의 마음이죠. 난 전혀 그런 마음이 아니거든요. 그 사람이 얼마만큼 대단한 사람인지 모르지만 난 그 사람에게 전혀 관심이 없어요. 그리고 제가 전화를 걸어서 만날 이유도 없는 것 같고요."

말을 마친 한서영이 유상태가 내미는 명함을 받지도 않고 몸을 돌렸다.

최태영과 유상태가 멍한 얼굴로 방문을 열고 나가는 한서영의 뒷모습을 바라보고 있었다.

최태영으로서는 또다시 한서영이 어떤 여자인지 잘못 판단한 것이었다.

최태영이 나직하게 중얼거렸다.

"역시 한서영답군."

약간 피곤한 얼굴의 최태영이 한손으로 자신의 관자놀이를 눌렀다.

머리가 지끈 아파왔기 때문이었다.

※본문에서 언급하는 대학 병원의 인턴업무를 비롯하여 징계절차와 징계수준 및 영안실의 운영에 관한 내용은 실제의 상황과는 다릅니다. 소설의 구성상 작가의 상상으로 급조하여 서술된 것입니다.

* * *

비가 그친 후의 날씨는 후덥지근한 느낌이었다.

주차장의 한켠에서 한서영이 나오기를 기다리던 김동하는
어깨에 무거워 보이는 가방을 걸친 한서영이 본관병동을 나
서는 것이 보였다.

김동하가 한서영을 향해 서둘러 발걸음을 옮겼다.

"이리 주십시오, 서영 낭자."

가냘파 보이는 한서영이 무거워 보이는 가방을 든 것이 마
음에 걸린 김동하가 재빨리 한서영에게서 가방을 받아들었
다.

한서영이 김동하를 올려다보았다.

자신보다 한 뼘쯤은 더 키가 큰 김동하였다.

한서영도 170cm가 넘는 늘씬한 키였지만 김동하는 그런
한서영보다 한 뼘 정도 더 큰 체격이다.

한서영의 얼굴이 굳어졌다.

김동하의 얼굴빛이 약간 창백하게 느껴졌기 때문이다.

지금까지는 보지 못했던 김동하의 모습이었다.

"어디 아파?"

김동하가 고개를 흔들었다.

"아닙니다."

"얼굴빛이 안 좋아 보여. 내가 진찰 좀 해볼까?"

한서영의 가방 안에는 한서영이 사용하는 청진기를 비롯해 체온계와 혈압을 체크하는 기구까지 들어 있었다.

간단한 진료는 한서영이 쉽게 할 수 있었다.

김동하가 머리를 흔들었다.

"그게 아니라……."

잠시 머뭇거리던 김동하가 천천히 입을 열었다.

"이곳에서 서영 낭자를 기다리고 있으니 계속해서 소생의 몸에서 천명이 죽음의 기운에 반응하고 있습니다. 전에도 그러했는데 오늘은 더욱 그 반응이 심한 것 같습니다."

"뭐?"

한서영의 눈이 껌벅였다.

김동하가 입을 열었다.

"소생에게 새로 주어진 또 다른 천명의 반응인데 쉽게 익숙해지지 않을 것 같습니다."

김동하가 이곳에 도착한 이후 죽음을 예견하는 천명의 반응을 새로 깨달았다.

가슴속의 천명의 기운이 진동하는 것을 말하는 것이었다.

노인의 죽음과 이곳 병원으로 오는 도중에 느낀 적이 있었고 한서영의 집에서 앞 동의 가스 사고 때에도 감지한 그것이었다.

김동하로서는 자신에게 또 다른 권능이 있다는 것을 알았지만 그것에 쉽게 익숙해지지 못하고 있는 것이었다.

한서영이 김동하를 올려다보았다.

한서영도 알고 있는 김동하의 죽음을 예견하는 권능의 징조였다.

한서영이 입을 열었다.

"이곳이 병원이라서 그럴 거야. 누군가는 사고로 죽고 누군가는 병으로 죽어가지. 1,000개가 넘는 병상에 수많은 환자들이 치료를 받고 있는 중이야. 그런 사람들 중에서 자신의 운명이 다한 사람들이 세상을 떠나는 것을 동하 네가 느끼는 거야. 하지만 아무리 네가 천명의 권능을 가지고 있다고 해도 그들 모두를 살려줄 순 없는 일이야. 그 때문에 천명이 더 크게 반응하는 것일지도 몰라."

한서영의 말에 김동하가 입술을 잘근 깨물었다.

한서영의 말이 틀리지 않았다.

아무리 자신이 천명의 권능을 가지고 있다고 해도 모든 죽어가는 사람들을 죄다 다시 살려줄 수는 없는 일이었다.

한계는 명확했고 김동하도 그것을 알고 있었다.

한서영이 김동하를 올려다보았다.

약간 슬픈 표정을 짓고 있는 김동하의 얼굴이 그녀를 내려다보고 있었다.

하늘이 부여한 천명의 권능을 가지고 있지만 그 힘에도 한계가 있는 것을 슬퍼하는 얼굴이었다.

그런 김동하의 얼굴을 바라보는 한서영의 가슴이 찌르르 울렸다.

그녀에게 김동하는 참으로 순수하고 착한 사람이었다.

"배고프지?"

한서영이 물었다.

점심시간이 이미 지난 후였기에 김동하가 배가 고플 것은 당연할 것이었다.

그리고 보니 자신도 김동하와 휴대폰을 사러 가야 했기 때문에 점심을 거른 것이 생각났다.

김동하가 눈을 껌벅였다.

"지금 집으로 돌아가야 합니까?"

한서영이 김동하를 올려다보았다.

김동하의 시선은 한서영의 등 뒤로 보이는 영안실을 바라보고 있었다.

한서영이 이마를 찌푸렸다.

"그 노인 때문에 그러는 거야?"

김동하의 본래 목표는 한강고수부지에서 만났던 노인을 다시 살리는 것이었다.

하지만 노인 대신 생각지 못했던 최은지라는 여학생을 살리는 것으로 계획이 바뀌어 버렸다.

한서영이 대답했다.

"아직 노인의 연고자가 나타나지 않았어. 그리고 난 정직

처분을 당해서 당분간 병원에 오질 못해. 아까처럼 영안실의
벽을 누군가 차로 들이박는다고 해도 영안실로 들어가는 것
은 어렵다는 뜻이야. 하지만 노인의 연고자가 나타나면 연락
해 달라고 부탁을 해놓았으니 누군가 장례를 치르기 위해서
노인의 시신을 인수하러 온다면 그때 다시 오면 될 거야."

한서영은 자신과 친한 간호사에게 영안실에 안치된 노인의
시신을 인도할 연고자가 병원에 나타나면 자신에게 연락해
달라는 부탁을 해두었다.

김동하의 눈빛이 침중해졌다.

한서영이 다시 입을 열었다.

"그리고 앞으로 누군가를 다시 살려야 한다면 은밀하게 아
무도 모르게 해야 해. 아까 동하가 살려준 그 최은지라는 여
학생으로 인해서 병원이 발칵 뒤집어진 것 봤잖아. 우리 병
원의 의사들이란 의사는 죄다 몰려왔었단 말이야."

어떻게 생각해 보면 한서영이 징계처분을 당한 것도 김동
하가 최은지에게 천명을 돌려줌으로 인해서 시작된 것인지
도 몰랐다.

김동하의 눈빛이 깊어졌다.

한서영의 말이 틀리지 않다는 것을 김동하도 어느 정도 자
각하고 있었던 것이었다.

"알겠습니다."

"그리고 꼭 살려야 할 사람에게만 다시 천명을 돌려주는 것

이 좋을 것 같아. 최은지라는 학생과 같은 경우를 말하는 거야. 좀 전에 네가 느꼈다고 하는 천명의 진동을 감지하는 대로 무작정 천명을 사용한다면 버티지 못할 거야. 한 번에 일곱 명이 한계라고 했잖아. 그런 상황에서 정작 반드시 천명을 사용해야 할 경우가 있는데 쓸 수 없다면 너무 슬플 것 같아. 너도 천명의 기운이 다하면 쓰러져서 일어나지 못하고 잠을 자게 된다며. 그런 상황에서 정작 네게 좋지 않은 일이 생기면 어떡해?"

한서영의 눈이 김동하의 얼굴을 빤히 바라보고 있었다.

한서영의 눈에 걱정하는 눈빛이 담겨 있었다.

김동하가 고개를 끄덕였다.

"명심하겠습니다."

"가자! 냉면 사줄게."

한서영이 김동하를 데리고 자신의 차로 걸어갔다.

한편, 주차장이 내려다보이는 본관병동의 복도 창가에서 두 사람이 한서영과 김동하를 바라보고 있었다.

최태영과 유상태였다.

유상태가 물끄러미 주차장을 바라보다가 입을 열었다.

"의외로 두 사람이 잘 어울리는 모습이네요."

"……."

최태영은 아무 말도 하지 않았다.

한서영에 대한 마음을 접기로 결정을 내렸지만 정작 최태영의 머릿속은 한서영이라는 여자에 대해서 끝없는 사념을 만들어 내고 있는 중이었다.

한서영은 주차장 구석 쪽에 세워둔 자신의 차로 걸어갔다.

김동하가 눈을 껌벅였다.

"서영 낭자도 무쇠틀, 아니 자동차를 가지고 있었습니까?"

김동하도 텔레비전을 통해 무쇠틀이 자동차라는 이름으로 불린다는 것은 이제 알고 있었다.

기름으로 움직이는 것이라고 하지만 어떤 원리로 이것이 움직이는 것인지는 몰랐다.

또 그런 것을 일일이 다 알 생각은 하지 않았다.

김동하는 한서영이 직접 차를 운전할 것이라고는 생각하지 못했다.

한서영이 생긋 웃었다.

"버스도 타보고 전철도 타보았는데 집적이는 사람들이 많아서 그냥 편하게 이걸 타고 다니는 게 좋다고 생각해서 산 거야."

한서영이 승용차의 리모컨을 손에 쥐고 눌렀다.

찰칵―

승용차의 잠금장치가 풀어지는 소리가 들렸다.

한서영이 조수석의 문을 열었다.

"가방은 이리 주고 먼저 타!"

한서영의 말에 김동하가 멈칫거렸다.

자신이 살던 시대에는 모든 배려란 남자가 여자에게 베푸는 것이었다.

하지만 지금의 이 상황은 과거의 관습과는 전혀 반대였다.

지금의 이러한 상황은 텔레비전에서도 배우지 못한 것이었기에 잠시 얼떨떨한 얼굴로 한서영을 바라보았다.

한서영이 김동하를 억지로 조수석에 앉혔다.

한서영이 종알거렸다.

"네가 운전을 하면 좋겠는데 못하니까 시키는 대로 해."

한서영의 말에 김동하가 얼떨결에 대답했다.

"아, 알겠습니다."

김동하가 조수석에 앉자 김동하에게서 가방을 뺏어든 한서영이 가방을 뒷좌석에 던져놓고 운전석에 올랐다.

운전석에 오른 한서영이 안전벨트를 매다가 김동하를 바라보았다.

김동하는 안전벨트라는 것이 무엇인지도 모를 것이라는 생각에 혀를 찬 한서영이 자신의 안전벨트를 다시 풀고 김동하 쪽으로 몸을 기댔다.

김동하에게 안전벨트를 채워 주려는 것이었다.

한순간 김동하는 한서영의 머리가 자신의 코 아래 쪽으로 다가오자 너무나 놀란 얼굴로 몸을 굳혔다.

김동하로서는 처음으로 맡아보는 한서영의 체향이었다.

지분냄새도 아닌 것 같았지만 김동하에게서는 이 세상의 그 어떤 향기라고 해도 지금의 한서영의 체향과 비교할 수 없을 것이라는 느낌이 들 정도였다.

한서영도 김동하에게 채워줄 조수석의 안전벨트를 찾다가 김동하의 몸에서 흘러나오는 향기를 맡았다.

한서영의 얼굴이 목덜미까지 붉어지고 있었다.

김동하의 몸에서 풍기는 향기는 참으로 기묘했다.

한서영은 김동하가 스킨로션이나 밀크로션 같은 남성용 화장품을 전혀 사용하지 않는다는 것을 알고 있었다.

하지만 그보다는 좀 더 특이한 느낌의 향기가 흘러나오고 있었다.

마치 연꽃의 은은한 향기와 같은 느낌이었다.

한서영은 그것이 김동하의 몸에 채워져 있는 무량기의 향기라는 것을 전혀 모르고 있었다.

실제로 김동하의 몸에서 무량기의 진화가 피어나기 전에는 김동하 자신도 몸에서 향기가 날 것이라곤 예상하지 못했다.

하지만 무량기의 기운이 진화의 형태로 드러나자 무량기의 기운이 실제 향기로 김동하의 몸에 새겨진 것이라고 할 수가 있었다.

훗날 김동하의 무량기가 완전히 령화로 개화될 경우, 김동하의 주변이 연꽃의 향기로 가득하게 채워지게 될 것이었다.

한서영은 김동하의 몸에서 흘러나오는 연꽃의 향기가 그

어떤 남자의 향수보다 좋다는 느낌이 들었다.

찰칵—

한서영이 발갛게 달아오른 얼굴로 김동하의 안전벨트를 채우고 다시 운전석에 앉았다.

한서영의 얼굴은 이제 홍시처럼 붉게 달아올라 있었다.

김동하 역시 마찬가지였다.

살아오면서 여인의 체향은 처음으로 맡아보는 김동하였다.

한서영을 안아보기도 했고 본의 아니게 보지 않아야 할 것도 보았지만 이처럼 한서영의 몸에서 흘러나오는 그녀의 체향은 너무나 향기롭다는 느낌이 들었다.

한서영이 물었다.

"너 화장품 사용하니?"

김동하가 멍한 표정을 지었다.

"화장품이요? 그것이 무엇입니까?"

한서영이 잠시 이마를 찌푸리다 입을 열었다.

"아니다. 네가 그런 것을 가지고 있을 리가 없지."

한서영을 만나기 전에는 돈을 어디에 사용하는 지도 몰라서 그냥 가지고만 있었던 김동하였다.

그런 김동하가 화장품을 구매했을 리가 없었다.

김동하가 입을 열었다.

"서영 낭자에게서 좋은 냄새가 났습니다."

김동하 역시 얼굴이 살짝 붉어진 모습이었다.

한서영이 힐끗 김동하를 바라보았다.

자신이 김동하 쪽으로 몸을 숙일 때 자신처럼 김동하 역시 자신의 냄새를 맡았을 것은 당연했다.

"좋은 냄새?"

"예!"

"냄새가 아니라 향기라고 하는 거야."

한서영이 투덜거렸다.

김동하가 눈을 껌벅였다.

한서영이 잠시 앞을 바라보다가 입을 열었다.

"똥, 오줌, 거름같은 것은 냄새라고 하지만 꽃, 향수같은 것은 향기라고 해야 하고."

김동하가 고개를 끄덕였다.

"알겠습니다. 서영 낭자에게서 좋은 향기가 났습니다."

"됐어."

한서영은 자신에게서 향기가 난다는 김동하의 말에 기분이 좋아졌다.

부르르릉.

차의 시동이 걸리고 이내 한서영이 운전하는 차가 세영대학 병원의 주차장을 빠져 나갔다.

한서영은 모처럼 병원의 업무에서 해방이 된 듯한 느낌이었다.

의사자격을 취득하고 인턴으로 세영대학 병원에서 근무를 시작하면서 그녀에겐 그야말로 처음으로 맞이하는 한가한 일상이었다.

자신이 징계를 받아 10일간의 근신이라는 징계는 징계가 아닌 한서영에게는 마치 휴가같은 느낌이었다.

한서영은 병원에서 장수란과 있었던 일로 인해 자신이 인턴에서 해직이 된다면 세영대학 병원같은 곳을 다니고 싶지 않았다.

차라리 전문의의 자격을 포기하고 마는 것이 한서영의 고집이었다.

부우우우우웅—

세영대학 병원을 빠져 나온 한서영의 차가 빠르게 한서영의 집이 있는 반포방향으로 달려 나갔다.

* * *

끼이익—

검은색의 마이바흐 옆쪽에 비워진 자리를 찾아 조용히 차가 멈춰 섰다.

한서영의 차가 멈춰선 곳은 한서영의 아파트와 두 블럭쯤 떨어진 황실옥(皇室屋)이라는 음식점의 주차장이었다.

제법 이름이 알려진 갈비집으로 한우전문점이었다.

음식이 정갈하고 순수 국산한우만 제공한다는 것으로 소문이 나서 유명인들이나 미식가들도 즐겨 찾는 곳이었다.

한서영은 매번 차를 타고 이곳을 지날 때마다 한 번은 들러보고 싶었다.

하지만 여자 혼자서 고기를 먹기 위해 이곳을 찾아온다는 것이 어색하여 눈으로 구경만 하고 지나쳤다.

황실옥은 한옥을 모티브로 지어진 곳이었는데, 한국의 고유한 한옥이 아닌 중국풍의 느낌이 섞인 듯했다.

김동하는 한서영이 차를 멈추자 약간 놀란 듯 이리저리 고개를 돌리며 두리번거렸다.

"여긴 어딥니까?"

한서영이 대답했다.

"본의 아니게 근신처분을 받았는데 근신하는 동안 몸보신이나 해보자. 고기집이야. 내려."

딸칵―

한서영이 운전석의 문을 열고 먼저 내렸다.

차에서 내린 한서영이 조수석을 바라보자 김동하가 조수석의 문을 여는 장치를 찾는지 두리번거리고 있었다.

한서영의 미간이 좁혀졌다.

행여 김동하가 문을 잘못 열어 옆에 세워둔 마이바흐의 문짝이라도 긁는다면 곤란한 일이 생기게 될 것이다.

혀를 찬 한서영이 조수석으로 가서 문을 열어주었다.

딸각—

문이 열리자 김동하가 한서영을 올려다보았다.

이번에는 안전벨트가 문제였다.

한서영이 안전벨트의 고리 쪽을 손으로 가리켰다.

"빨간색의 버튼을 위로 밀어."

"예?"

빨간색이라는 말은 알아들었지만 버튼이라는 말이 무슨 뜻 인지 모르는 김동하였다.

어쩔 수 없이 한서영이 다시 가르쳐 주었다.

"이것을 이렇게 밀면 되는 거야."

딸각—

한서영의 간단한 손놀림에 풀리지 않던 고리가 풀렸다.

김동하가 놀란 듯 눈을 껌벅였다.

또다시 한서영의 몸에서 체향이 느껴졌기 때문이다.

어색한 듯 김동하가 헛기침을 했다.

"아… 크흠."

이내 김동하가 차에서 내려섰다.

그동안 한서영은 조수석의 문을 열고 김동하가 내려서기를 기다리고 있다가 그가 차에서 빠져 나오자 문을 닫았다.

탁—

꽤 넓은 황실옥의 주차장은 제법 많은 차량들로 채워져 있 었다.

비워진 주차칸에 차를 주차한 한서영이 김동하와 함께 황
실옥의 입구로 걸음을 옮겼다.

* * *

"등심으로 20인분만 더 가져와."

검은색의 양복에 넥타이를 매지 않은 거구의 사내가 약간
숙인 자세로 서 있는 개량한복을 입은 30대의 사내를 바라보
며 말했다.

황실옥의 종업원으로 보이는 개량한복의 사내가 머리를 숙
였다.

"알겠습니다."

"술도 더 가져오고."

"예!"

개량한복을 입은 종업원이 긴장한 얼굴로 밖으로 나갔다.

조용히 문을 닫고 나오는 개량한복을 걸친 종업원의 얼굴
에는 긴장한 표정이 역력했다.

지금까지 매실(梅室)의 매상만 100만원이 넘어가고 있었
고 앞으로 얼마나 더 많이 늘어날지도 모르는 일이었다.

개량한복의 종업원이 빠져 나온 황실옥의 2층 매, 란, 국,
죽(梅, 蘭, 菊, 竹)의 대연회장 중에서 매실의 안쪽에는 10여
명의 건장한 사내들이 둘러앉아 있었다.

3개의 큰 상의 좌우로 둘러앉은 사내들의 모습은 일반인들이 보면 위압감을 느낄 정도로 거구의 사내들이었다.

양재득.

조금 전 개량한복의 종업원에게 다시 고기를 주문한 사내였다.

한신용역이라는 용역업체를 운영하고 있는 사업가로 알려져 있었지만 그가 서울 강남일대의 뉴월드라는 건달패를 이끄는 조직폭력배 두목이라는 것을 그의 이름을 알고 있는 사람은 모두 알고 있는 사실이었다.

주로 하는 일은 유흥가의 주점에 불법양주를 납품하거나 철거용역대행, 고리사채, 사채대금 회수대행 등 지저분한 일은 도맡아서 처리하는 것이 한신용역의 일이었다.

양재득은 어제 동신그룹 산하 동신건설에서 추진하고 있던 노량진 아파트 신축부지에서 강제이주에 대항하며 버티던 이주민들의 강제철거를 대행했다.

그리고 대가로 오늘 자신의 계좌로 입금된 5억원이 넘는 보수를 받고 무척이나 기분이 좋았다.

한신용역이라는 사설업체의 조끼를 걸친 뉴월드파의 조직원들은 동신건설에서 제시한 턱없이 적은 이주비에 퇴거불가를 외치며 항의 농성하던 잔류 이주민들을 그야말로 인정사정없이 두들겨 몰아냈다.

울부짖는 이주민들에게 온정은 없었다.

동신건설로서는 5억 원이라는 적은 수고비로 회사의 공사를 방해하던 이주민들을 깔끔히 해결할 수 있었기에 이주민의 퇴거가 확정되자마자 그대로 수고비를 집행한 것이었다.

양재득은 요즘 들어 수입이 들쑥날쑥한 상황에서 큰돈이 들어오자 기분이 날아갈 듯했다.

양재득이 술상에 둘러앉은 휘하의 부하들을 보며 두툼한 볼살을 늘어트리며 웃었다.

"많이들 먹어라. 모자라면 더 시켜줄 테니 걱정하지 말고."

양재득의 말에 사내들이 머리를 숙였다.

"감사합니다, 형님!"

술상에 둘러앉은 사내들의 얼굴에 미소가 가득했다.

이미 양재득으로부터 500만원이라는 거금이 들어 있는 봉투를 하나씩 지급받았다.

이곳에 모인 뉴월드파 조직원들은 양재득의 휘하 부하들 중 나름 양재득의 신임을 받고 있는 중견조직원들이었다.

실제로 각목과 쇠파이프를 들고 철거지역의 이주민을 쫓아낸 하부조직원들은 고작 100만 원 정도의 수고비를 받고 지금쯤 싸구려 삼겹살집에 모여 삼겹살을 굽고 있을 것이었다.

양재득이 자신의 술잔을 들어 올리며 입 안으로 털어 넣었다.

돈이 입금된 후에 마시는 술은 늘 꿀맛이었다.

양재득의 옆에 앉은 송대진이 양재득이 술잔을 비우는 순

간 재빨리 술병을 들어 그의 잔에 술을 채워주었다.

술잔을 내려놓은 양재득이 젓가락을 들어 잘 구워진 한우를 한 점 집었다.

송대진은 양재득의 앞쪽으로 재빨리 소스를 밀어 놓았다.

양재득의 입 안에 혀처럼 구는 송대진이었다.

양재득에게 송대진은 그야말로 심복 중의 심복이라고 할 수 있었다.

막 양재득이 안주를 먹는 것을 본 송대진이 고개를 돌렸다.

매실의 창가 쪽에 앉은 그는 황실옥의 주차장을 한눈에 내려다 볼 수 있었다.

머리를 돌리던 송대진의 눈이 한순간 살짝 커지고 있었다.

주차장에 세워놓은 두목 양재득의 차 옆에 하얀 색의 승용차가 조심스럽게 멈춰서고 이내 한눈에 보아도 눈이 번쩍 떠질 정도로 늘씬한 여자가 차에서 내려서 있는 것이 그의 눈에 들어왔다.

긴 머리칼이 등 뒤로 늘어져 찰랑거리고 있었고 약간 거리를 두고 떨어진 2층의 창가에서도 참으로 예쁘게 생긴 여자라는 것을 알 수 있을 정도였다.

송대진이 여자의 얼굴을 다시 살펴보았다.

마침 차에서 내린 여자가 조수석으로 걸어왔다.

순간 여자의 얼굴이 너무나 선명하게 보였다.

참으로 시원하게 느껴지는 너무나 아름다운 미모의 여자

였다.

"형님!"

송대진이 급하게 양재득을 불렀다.

양재득은 안주를 씹다가 송대진을 바라보았다.

"뭐냐?"

양재득의 말에 송대진이 입을 열었다.

"형님! 저기 한 번 보십시오. 형님 차 옆에 말입니다."

"뭔데 그래?"

양재득이 음식을 씹으며 머리를 돌려 창밖을 바라보았다.

순간 양재득의 눈이 살짝 커졌다.

그 역시 자신의 차 옆에서 조수석의 문을 열고 있는 너무나
아름다운 여자의 모습을 발견했다.

양재득의 눈이 껌벅였다.

이 시간에 이곳에 고기를 먹으러 오는 경우라면 평범한 직
장인이 아닐 것이라고 생각했다.

그때, 차에서 건장해 보이는 사내 한 명이 내려서는 것이
눈에 들어왔다.

차에서 내려선 사내의 얼굴도 여자와 비견될 정도로 잘생
긴 느낌이 들었다.

양재득이 잠시 눈을 깜박이다가 송대진을 바라보았다.

"저 여자애 한 번 이리로 데려와 봐. 남자애는 조용한 곳으
로 데려가서 입조심 해야 한다고 잘 타이르고."

남자를 조용한 곳으로 데려가 입조심 해야 한다고 타이른다는 것은 남자의 신상정보를 모두 털어서 뒷말이 나올 경우 좋지 않은 일이 생길 것이라고 겁을 주라는 말이었다.

즉, 여자에게 무슨 일이 생겨도 입조심을 해야 한다는 뜻이었다.

신상정보를 털면 언제든 문제가 생길 경우 찾아가 앙갚음을 할 수 있을 것이니 웬만한 남자라면 뉴월드파의 이름만 들어도 몸을 떨며 입을 다물게 될 것이었다.

양재득은 오랜만에 마음에 드는 여자를 본 기분이었다.

송대진이 싱긋 웃었다.

"예! 형님."

송대진이 일어서며 고기를 먹고 있는 사내들을 바라보았다.

"영기, 창수, 광기는 지금 나를 따라 나와."

송대진의 말에 말석에서 고기와 술을 먹고 있던 사내들이 몸을 일으켰다.

"뭡니까? 형님."

"무슨 일이 있습니까?"

세 명의 사내가 송대진을 바라보았다.

송대진이 싱긋 웃었다.

"큰형님이 마음에 들어하시는 각시를 데려오라고 하신다. 따라 나와."

송대진의 말에 세 명의 사내가 황급히 문 쪽으로 나서고 있었다.

이런 일이 한두 번이 아닌 모양인 듯 익숙한 행동처럼 보이고 있었다.

송대진과 세 명의 사내가 이내 매실의 문을 열고 밖으로 나섰다.

매실의 앞쪽은 이층에서 식사를 하는 테이블이 놓여 있었고 몇 군데서 식사를 하고 있는 사람들의 모습이 보였다.

신발을 찾아 신은 4명의 건장한 남자가 이내 아래쪽 1층으로 내려갔다.

앞장선 송대진은 자신의 눈에 띈 여자의 얼굴을 떠올리며 히죽 웃었다.

큰형님인 양재득은 자신이 한 번 건드린 여자는 쉽게 싫증을 낸다는 것을 잘 알고 있었다.

하지만 좀 전에 본 그 여자는 큰형님 양재득으로서도 아까워 할 정도의 미모를 가지고 있었기에 어쩌면 좀 더 오래 잡아두고 있을 지도 몰랐다.

그러나 언젠가는 큰형님이 싫증을 낼 것이었고 그때면 여자는 자신의 차지가 된다고 생각했다.

송대진이 1층으로 내려서면서 주변을 두리번거렸다.

그 정도의 미모라면 단번에 그의 시선을 잡아 끌 것은 당연했다.

"이쪽으로 오세요."

개량한복을 걸친 여자종업원의 말에 한서영과 김동하가 1층의 안쪽에 마련된 테이블로 향했다.

김동하는 처음으로 구경하는 고기집의 내부를 보며 놀란 듯 눈을 껌벅이며 두리번거렸다.

겉에서 보았을 때에는 변형된 한옥의 모습으로 보였던 곳이 안으로 들어오자 외양과는 전혀 다른 완전한 현대식 건물로 구성되어 있었다.

사각형의 테이블이 놓인 곳에는 제법 많은 사람들이 앉아서 고기를 굽거나 식사를 하고 있었다.

더구나 투명한 녹색병과 진한 갈색의 병들이 테이블위에 올려져 있었고 투명한 유리잔에 음료를 부어 마시고 있는 모습은 참으로 신기했다.

종업원의 안내로 한서영과 김동하가 안쪽의 테이블에 앉았다.

한서영이 종업원을 보며 입을 열었다.

"한우 갈비……."

주문을 하려던 한서영이 김동하의 체격을 힐끗 살폈다.

지금의 김동하 체격으로 2인분 정도는 턱도 없을 것이라는 생각이 들었다.

"갈비 5인 분이랑 냉면 주세요. 냉면은 물냉면이요."

종업원이 머리를 숙였다.

"알겠습니다."

종업원이 주문서를 들고 돌아섰다.

김동하가 눈을 껌벅이며 한서영을 바라보았다.

"정말 여기서 고기를 굽는다는 말입니까?"

"응!"

"불이 없는데……."

김동하는 고기를 굽기 위해서는 불이 필요하고 또 고기를 구울 때 저절로 피어나는 연기를 처리해야 한다고 생각했다.

하지만 여기는 불도 없고 사방이 막힌 곳이라 연기를 어찌 처리해야 할지 궁금했다.

이상한 것은 다른 곳에서도 고기를 굽고 있는 것 같았지만 연기는 보이지 않았다.

한서영이 웃었다.

"네가 살던 세상과는 전혀 다른 세상이야. 불도 여기로 가져올 것이고 고기구울 때 나오는 연기도 전혀 흔적 없이 처리될 거니까 걱정할 필요 없어. 그나저나 너 술 마실 줄은 아니?"

한서영의 말에 김동하가 눈을 껌벅였다.

"술이요?"

"응!"

김동하가 말했다.

"한 번도 마셔본 적이 없습니다."

"그래?"

한서영이 입맛을 다셨다.

자신은 운전을 해야 하기 때문에 술을 마실 수 없지만 김동하도 술을 먹지 않는다는 것에 아쉬움을 느꼈다.

그때였다.

"실례 좀 할까요?"

털썩—

털썩—

마주보고 앉아 있는 김동하와 한서영의 옆자리에 거구의 사내 두 명이 털썩 주저앉았다.

뒤이어 사내들의 옆으로 또다시 두 명의 사내가 둘러섰다.

김동하와 한서영이 마주앉은 테이블의 반대쪽은 파티션으로 가려져 있었기에 그야말로 김동하와 한서영은 한순간에 4명의 거구의 사내들에 의해 갇혀버린 상황이 되었다.

"……."

김동하의 얼굴이 찌푸려졌다.

김동하의 무량기에서 기분 나쁜 사기가 감지되고 있었다.

더욱이 한서영의 옆에 앉은 사내에게서는 김동하로서는 역하기 짝이 없는 끈끈하고 더러운 기운이 느껴졌다.

한서영이 살짝 놀란 얼굴로 자신의 옆에 앉은 사내를 바라보았다.

"누구세요?"

한서영은 자신의 옆에 앉아서 징그러운 미소를 머금고 자신을 바라보고 있는 거구의 사내를 보며 얼굴을 굳혔다.

김동하가 한서영을 보며 물었다.

"서영 낭자가 아시는 분이신가요?"

한서영이 이마를 찌푸렸다.

"미쳤어? 내가 이런 사람들을 어떻게 알아?"

"그래요?"

김동하의 얼굴이 조금 굳어졌다.

그때 김동하의 옆에 앉은 거구의 사내가 김동하의 어깨에 손을 걸쳤다.

"이봐! 넌 우리랑 조용히 이야기 좀 하자."

김동하가 자신의 어깨에 손을 올린 거구의 사내를 바라보며 입을 열었다.

"소생을 아십니까?"

김동하의 말에 송대진과 함께 1층으로 내려온 김영기가 눈을 껌벅였다.

"소생?"

김동하가 자신의 어깨에 손을 올려놓은 김영기의 손을 손가락으로 잡고 살며시 내려놓았다.

"이런 것은 소생이 별로 좋아하지 않는 짓입니다."

김영기가 얼굴을 찌푸렸다.

"이 자식이 지금 뭐라고 하는 거야?"

담력이 약한 사람이 듣는다면 단번에 오금이 위축될 만큼 위압적인 말이었다.

그때 한서영의 옆에 앉은 송대진이 그녀의 얼굴을 바라보며 빙그레 웃으며 입을 열었다.

"우리 큰형님께서 아가씨를 좀 보자고 하시는데 같이 좀 가지? 아! 그렇게 겁낼 필요는 없어. 여기 이 남자친구는 우리 애들과 좀 놀고 있을 테니 그냥 아가씨만 잠시 따라와."

한서영의 눈이 찌푸려졌다.

"아가씨……?"

한서영은 참으로 어이가 없었다.

누군지도 알지 못하는 사람이 자신을 보자고 한다는 말에 기가 막히는 느낌이었다.

더구나 송대진의 돼지 같은 두툼한 얼굴과 썰어놓으면 세 접시는 나올 것 같은 여자처럼 붉은 두툼한 입술이 너무나 징그러웠다.

송대진이 누런 이를 드러내고 웃었다.

"예의를 차려 정중하게 대해주니 지금 상황이 어떤 상황인지 빨리 판단이 서질 않는 모양이군?"

송대진이 옆쪽을 바라보며 가볍게 턱짓을 했다.

송대진의 신호를 받은 사내가 한서영의 앞쪽으로 몸을 숙이며 한서영의 머리를 가볍게 쳤다.

타악—

"악!"

한서영의 입에서 자신도 모르게 비명이 터져 나왔다.

앉아 있던 한서영의 몸이 흔들릴 정도의 충격이었다.

한서영은 한순간에 눈앞에 별이 보인다는 느낌이 들었다.

솥뚜껑 같은 남자의 손에 맞았으니 그럴 수밖에 없었다.

한순간 황제옥의 1층이 조용해지고 있었다.

이미 황제옥의 종업원들은 한서영과 김동하에게 둘러선 사람들이 뉴월드조직의 조직원들이라는 것을 알고 있는 듯 했다.

그 때문에 구석진 곳의 테이블에 앉아 있는 김동하와 한서영의 테이블에 접근조차 하지 못하고 있었다.

뉴월드 조직의 일에 끼어들었다가 어떤 일이 생기게 될지 너무나 잘 알고 있었다.

한서영이 머리를 맞는 순간 김동하의 얼굴이 굳어졌다.

그의 눈이 퍼렇게 타오르고 있었다.

그때 한서영의 머리를 건드린 사내가 나직하게 입을 열었다.

"아이 씨발. 계집년이 드럽게 말이 많네. 쳐맞고 끌려가지 말고 그냥 우리 형님이 좋은 말로 할 때 따라 와. 이년아! 큰

형님께서 니가 보고 싶다고 하셔서 데려가야 하니 그냥 따라 나오란 말이다. 자꾸 귀찮게 하면 말 잘 듣게 한군데 긁어서 데려갈 수도 있으니까."

나직하지만 듣는 사람의 모골을 송연하게 만드는 욕설이었다.

한서영에게 손찌검을 하고 욕설을 쏟아낸 비대한 체구의 사내가 몸을 바로 세우면서 한서영을 노려보았다.

한서영이 하얗게 질린 얼굴로 마주보자 사내가 입가에 징그러운 미소를 머금고 한서영을 바라보다 슬쩍 배를 들어올렸다.

한서영의 얼굴이 굳어졌다.

사내의 허리춤에 신문지로 둘러진 길쭉한 것이 보였다.

한순간 한서영의 등에 소름이 쭉 돋아 오르는 느낌이 들었다.

김동하의 눈이 새파랗게 타올랐다.

김동하는 자신의 눈앞에서 한서영이 정체를 알 수 없는 사내에게 맞자 참을 수 없는 노기를 느꼈다.

지금까지 살아오면서 단 한 번도 지금과 같은 노기를 느낀 적이 없을 정도였다.

김동하가 일어서려고 몸을 움직이자 옆쪽에 앉은 사내가 김동하의 옆구리를 툭 건드렸다.

"넌 숨소리도 내지마! 옆구리에 구멍이 뚫리기 싫으면."

말을 마친 사내가 히죽 웃었다.

한서영이 끌려가는 것에 조금이라도 관여하면 가만두지 않겠다는 표정이었다.

김동하의 눈이 싸늘하게 변했다.

"무슨 이유로 서영 낭자를 데려가려는 것인지 모르나 그대들의 행동이 소생의 노기를 일부러 자극하려 한 것이라면 성공하였다고 해도 좋을 것 같군요. 하지만 서영 낭자를 건드린 것은 그대들에겐 아마 최고의 실수가 되었다고 해야 할겁니다. 단순히 천명만 회수할 수 있으나 그것으로는 모자랄 것 같으니 소생의 손속이 심하였다 원망하지 마시길 바랍니다."

김영기가 어리둥절한 표정을 지었다.

"이게 무슨 소리……."

턱—

말하던 김영기의 턱을 김동하가 한손으로 움켜쥐었다.

그저 가볍게 엄지와 검지로 움켜쥔 듯한 동작이었다.

순간 김영기의 얼굴이 하얗게 질려가고 있었다.

빠드득—

콰직—

김동하가 움켜진 김영기의 턱이 마치 비스킷 과자처럼 안쪽으로 부서지고 있었다.

"어어어엉."

김영기는 자신의 귀로 자신의 턱뼈가 부서져 나가는 소리를 너무나 생생하게 들었다.

정수리부터 발끝까지 바늘로 꿰뚫리는 것 같은 너무나 극심한 통증이 느껴지고 있었다.

옆구리에 찔러놓은 칼을 끄집어낼 생각도 들지 않았다.

한서영의 옆에 앉아 있던 송대진의 얼굴이 굳어졌다.

김동하가 남은 한 손으로 테이블 위에 올려진 은색의 젓가락 하나를 들었다.

동시에 좀 전에 한서영의 머리를 건드린 비대한 체구의 사내를 쏘아보며 나직하게 입을 열었다.

"당신은 그 자리에서 한 발자국도 움직이지 마세요. 움직이면 이것을 그대의 허벅지에 박아드릴 것입니다."

김동하가 젓가락을 가볍게 던졌다.

피잇―

쩌엉―

파르르르르르.

김동하의 손을 떠나 날아간 젓가락이 비대한 체구의 사내 발등을 뚫고 그대로 바닥에 박혀들었다.

황제옥의 내부 바닥은 단단한 콘크리트 바닥에 타일을 시공해서 만들어진 바닥이다.

못조차 어지간해서는 박혀들지도 않을 정도로 단단한 바닥에 너무나 쉽게 젓가락이 파고 들어갔다.

끄억—

비명을 지르려던 비대한 체구의 사내가 입을 벌리는 순간 김동하가 나직하게 다시 말했다.

"움직이거나 소리를 낸다면 소생의 손에 죄업을 쌓는다고 해도 이번에는 그대의 목을 뚫어드리지요."

너무나 차갑고 냉정한 목소리였다.

발등이 뚫린 사내가 자신도 모르게 손으로 자신의 입을 막았다.

그의 얼굴이 삽시간에 땀으로 범벅이 되고 있었다.

그의 눈이 김동하의 손을 바라보았다.

김동하의 손에는 다시 하나의 젓가락이 들려 있었다.

동시에 그것을 이제는 원목으로 만들어진 테이블 위에서 가볍게 찔러넣었다.

꾸우우우우욱—

젓가락이 너무나 쉽게 원목 속으로 파고 들어갔다.

마치 부드러운 두부에 젓가락을 찔러 넣는 것 같은 너무나 자연스런 동작이었다.

한순간에 벌어진 일이었지만 모든 것을 지켜본 송대진의 얼굴이 하얗게 질려가고 있었다.

한서영을 때리고 협박하며 욕설을 했던 안창수는 자신의 발등에 박혀 있는 쇠젓가락이 마치 자신의 전신을 옥죄고 있는 쇠사슬처럼 영원히 뽑히지 않을 것처럼 느껴졌다.

반항을 할 생각도 하지 못했고 갑자기 벌어진 상황에 자신의 옆구리에 꽂혀 있는 칼을 빼들 생각도 하지 못하고 있었다.

한서영도 너무나 달라진 김동하의 태도를 보며 얼굴을 굳히고 있었다.

그때였다.

스스스스스스.

김동하의 손에 잡힌 김영기의 머리칼이 하얗게 변하기 시작했다.

동시에 그의 얼굴에 삽시간에 쭈글쭈글한 주름이 만들어졌다.

30대 중반의 나이였던 김영기의 모습이 한순간 70대의 노인처럼 변해버린 것이었다.

"어억… 저게 뭐야?"

송대진은 자신의 심장이 입 밖으로 튀어 나올 것 같은 느낌이 들었다.

김동하가 김영기의 턱에서 손을 떼어냈다.

"당신에게 남은 천명의 9할을 회수합니다. 말도 할 수 없을 것이고 물조차 마시기 힘들 것입니다. 그리고 그 모든 것은 모두 당신이 만든 죄업의 대가로 생각하시는 것이 좋을 겁니다. 남은 생은 부디 지금까지 지은 죄를 회개하며 보내시기를 바랍니다."

말을 마친 김동하가 천천히 일어섰다.

그제야 김영기의 뒤에 서 있던 이광기가 놀란 얼굴로 뒤로 물러섰다.

그는 마치 귀신에 홀린 듯한 얼굴이었다.

김동하의 시선이 그를 향하자 놀란 이광기가 허리춤에서 무언가를 빼들었다.

신문지로 둘둘 말아놓은 칼이었다.

이광기는 신문지를 벗기지도 않고 그대로 김동하의 가슴을 노리고 찔러넣었다.

"시발… 뭐야, 귀신이야?"

이광기는 너무나 큰 두려움에 놀라서 자신도 모르게 중얼 거리고 있었다.

이광기의 칼이 김동하의 가슴을 노리고 그대로 찔러 넣었 다.

콰악—

한순간에 벌어진 일이었기에 한서영도 비명조차 지르지 못 하고 입을 벌렸다.

이광기는 친구인 김영기가 삽시간에 하얀 백발로 변하자 그야말로 혼이 달아날 것 같은 얼굴이었다.

그 때문에 김영기를 그렇게 만든 김동하가 일어서는 순간, 본능적으로 자신을 보호하기 위해서 칼을 찔러 넣은 것이었 다.

얼마나 다급했던 것인지 신문지를 벗길 생각도 하지 못했다.

하지만 그의 행동은 오히려 김동하를 더욱 싸늘하게 만들었다.

서걱—

김동하의 손이 자신의 가슴을 찔러오는 칼의 앞쪽을 손바닥으로 막았다.

그야말로 바늘 끝같은 칼날의 날카로운 끝부분이 김동하의 손을 관통하는 듯 보였다.

한서영이 자신도 모르게 짧게 비명을 질렀다.

"아!"

한서영의 눈에는 김동하의 손에 칼이 파고 들어가는 것처럼 보였다.

하지만 그것은 한서영의 착시였다.

'이게 뭐지……?'

이광기는 자신이 찔러 넣은 칼날이 그대로 철판같은 것에 막힌다는 생각이 들었다.

동시에 찔러 넣는 힘으로 인해서 칼의 손잡이를 잡은 그의 손이 미끄러지고 있었다.

그 때문에 그의 손이 오히려 신문지를 걷어내는 작용을 하면서 손가락이 그대로 칼날에 베였다.

"끄윽."

손가락이 잘려나가는 듯한 섬뜩한 느낌에 이광기의 입에서 자신도 모르게 신음소리가 흘러나왔다.

김동하는 자신의 손바닥에 걸린 이광기의 칼을 가만히 쥐었다.

순간 마치 유리가 부서지는 것 같은 소리가 들렸다.

와그작—

마치 딱딱하게 굳은 과자조각이 부서지는 것 같았다.

김동하의 눈이 이광기의 얼굴을 바라보았다.

이광기의 눈이 하얗게 치켜떠지고 있었다.

김동하의 눈은 무표정했다.

이곳에 도착한 이후 처음으로 해동무의 절기를 펼친 김동하였다.

해동무는 그 힘의 바탕을 무량기에 두고 있었다.

그 때문에 강하나 온유하며 부드럽지만 강맹하였다.

지금 칼날을 받아낸 것은 해동무의 절기 중 극강의 방어력이라고 할 수 있는 탄벽(□壁)이라는 절기였다.

그야말로 말 그대로 벽을 만든다는 의미였다.

탄벽이 극강에 이르면 수만 근의 바위가 덮친다고 해도 막아낼 수 있다고 알려졌다.

그런 탄벽이 한순간에 최고의 위력으로 펼쳐졌기에 이광기로서는 버틸 수가 없었다.

김동하의 눈이 차갑게 가라앉았다.

"그대 역시 성정이 모질고 손속에 음험함이 가득하군요. 역시 그대의 천명을 회수합니다. 얼마 남지 않은 그대의 남은 생은 부디 선하게 지내다 가시길 바랍니다."

터억—

김동하의 손이 그대로 이광기의 머리를 움켜쥐었다.

"끄으으으으."

김동하의 손에 머리를 잡힌 이광기의 입에서 기이한 신음이 흘렀다.

자신의 칼날에 손이 베인 이광기의 손에서 시뻘건 피가 뚝뚝 떨어져 내렸다.

하지만 동시에 그의 머리칼 역시 김영기처럼 하얗게 변하면서 삽시간에 얼굴에 주름이 가득해졌다.

한서영에게 자신의 배를 보여준 안창수의 눈이 하얗게 뒤집히고 있었다.

마치 귀신을 본 듯한 얼굴이었다.

김동하의 시선이 자신을 바라보자 그는 자신도 모르게 자신의 몸이 떨리고 있다는 것을 느꼈다.

"이, 이게……."

덜덜덜.

마치 그의 몸에 진동기가 달린 것처럼 그의 몸이 사정없이 흔들렸다.

하지만 발에 박힌 젓가락으로 인해서 그는 전혀 움직일 수가 없었다.

할 수만 있다면 이곳에서 달아나고 싶은 심정이었다.

하지만 김동하는 전혀 서두르지 않았다.

"당신은 소생이 진심으로 노하게 만들었습니다. 당장이라
도 그대의 모든 천명을 회수하고 싶으나 그대에게도 연이 있
으니 정리할 시간을 드리지요. 내세에는 덕을 쌓아 천수를
누리도록 애써 보세요."

콱—

김동하의 손이 안창수의 목을 틀어쥐었다.

안창수는 자신의 숨통이 끊어지는 듯한 통증을 느끼고 있
었다.

김동하는 안창수가 비명을 지를 수 있다고 생각했기에 아
예 그의 입에서 비명소리가 나오지 못하게 만들었다.

김동하는 진짜로 화가 난 상태였다.

다른 사람도 아닌 한서영에게 손찌검을 하고 욕을 하며 칼
을 보여준 비열한 짓은 절대로 용서하고 싶지 않았다.

"끄르르르르륵."

안창수의 입에서 가래가 끓는 소리가 흘렀다.

동시에 그의 몸에서 삽시간에 기력이 빠져 나가고 있었다.

한서영은 김동하가 화를 내는 것을 처음으로 보았다.

병원의 영안실에서 장수란이 패악질을 부리는 것도 덤덤하
게 넘겼던 김동하였다.

하지만 자신에게 손찌검을 하고 욕을 한 사내에게는 그야말로 나찰처럼 단호했다.

안창수의 모습은 한순간에 80대의 노인처럼 변하고 있었다.

이 모든 것을 지켜보고 있는 송대진은 자신이 꿈을 꾸고 있는 것이라는 생각이 들었다.

하지만 너무나 무섭고 섬뜩한 꿈이었다.

안창수의 목을 잡고 있는 김동하가 송대진을 바라보았다.

"일어나시겠습니까? 일어나지 않는다면 소생이 일으켜 드리지요. 단, 그때는 그대의 육신 중 그대의 의지대로 움직일 수 있는 것은 눈과 입 밖에 없을 것입니다."

송대진이 덜덜 떨었다.

"나, 나는……."

김동하가 입을 열었다.

"여기 있는 사람 중에 당신의 기운이 제일 음험하고 비열하다는 것을 알지만, 알고 싶은 것이 있어서 참고 있는 중입니다."

송대진의 얼굴에서 비오듯 땀이 흘러내리고 있었다.

송대진이 덜덜 떨면서 몸을 일으켰다.

김동하가 한서영을 보며 입을 열었다.

"서영 낭자가 사주시려는 음식은 다음에 먹어야 할 것 같습니다. 이자의 기운으로 보아 그냥 두어서는 많은 사람들에게 해악을 끼칠 것이니 정리를 해야 할 것 같아서입니다."

김동하의 말에 한서영의 큰 눈이 껌벅였다.

자신의 말에 쩔쩔매던 김동하가 아닌 그야말로 천신처럼 보이고 있었다.

김동하는 자신의 손에 당한 김영기와 안창수 그리고 이광기를 자신과 한서영이 식사를 하려 했던 테이블에 앉혔다.

그들의 얼굴은 너무나 창백한 모습이었다.

온몸의 기력이 빠져 나갔으니 아마 지금 당장은 손가락 하나 움직이는 것도 힘들 것이다.

송대진은 자신의 몸이 학질에 걸린 듯 떨리고 있는 것을 느꼈다.

한서영도 너무나 무서운 모습을 보여주는 김동하를 보며 치켜뜬 눈을 껌벅이고 있었다.

죽은 사람은 없었다.

또한 팔다리가 잘려나갈 정도로 중상을 입은 사람도 없었다.

다른 사람들이 본다면 세 명의 늙은 노인들이 식사를 하기 위해서 이곳을 방문했다가 다친 것으로 볼 수도 있었다.

당장 이 일로 인해서 김동하의 존재가 세상에 알려질 수도 있을 수 있지만, 김동하는 상관하지 않았다.

한서영을 건드린 것은 김동하의 역린을 건드린 것처럼 그의 분노를 자극했기 때문이었다.

김동하에게 천명을 회수당한 김영기와 이광기 그리고 안창수는 대부분의 천명을 김동하에게 회수 당했다.

이제 그들에게 남은 생의 시간은 고작 열흘 정도뿐이었다.

만약 그들이 그것을 알고 있었다면 김동하의 다리에 매달려 살려달라고 애원했을 것이었다.

김동하는 자신에게 당해서 피를 흘리고 있는 그들의 혈맥을 짚어서 더 이상 피를 흘리지 못하게 만들어 놓았다.

동시에 그들의 뇌혈의 혈맥을 막아 그들의 기억을 모두 지워버렸다.

한서영은 김동하가 한의학을 알고 있다는 것을 알았지만 지금 자신의 눈앞에서 눈이 현란할 정도로 혈맥을 짚어나가는 김동하의 손놀림을 보며 입을 벌렸다.

그야말로 신의의 재림이라고 할 정도로 너무나 빠르고 능숙한 손놀림이었다.

한서영이 물었다.

"그, 그게 뭐하는 거야?"

김동하가 사내들의 혈을 짚으면서 입을 열었다.

"이 사람들은 이제 자신들의 이름도 기억하지 못할 겁니다. 잠시 이 모습으로 살다가 떠나게 될 겁니다."

김동하의 말에 한서영이 놀란 얼굴로 사내들을 바라보았다.

모든 것을 지켜보는 송대진은 온 몸을 떨고 있었다.

눈앞에서 동생들이 자신보다 30살은 더 먹은 노인의 모습으로 변하는 것을 모두 지켜보았다.

그에게는 지금의 상황이 영원히 깨어나지 않을 것 같은 악몽으로 느껴지기 시작했다.

"사, 살려 주십시오."

덜덜덜.

세 사람의 혈을 짚어 할 일을 마친 김동하가 송대진을 바라보았다.

"당신 스스로 서영 낭자를 데려오라 한 자에게 안내를 하겠소? 아니면 소생이 손을 써서 강제로 그대의 입을 열게 하여 찾게 만들겠소? 소생에겐 어느 것이든 상관없으니 그대가 선택하도록 하시오."

김동하의 말에 송대진이 눈을 질끈 감았다.

그의 얼굴은 이제 시커멓게 죽어 있었다.

한서영은 김동하가 천명을 회수한다고 했던 말을 기억에서 떠올렸다.

그리고 그 천명의 회수라는 것이 얼마나 무섭고 두려운 것인지 마음속으로 절감하고 있었다.

천명을 불어넣어 주는 권능은 새로운 생명을 부여하는 것과 같았기에 너무나 신비한 느낌이었다면 천명을 회수하는 것은 꿈에도 상상하기 싫을 정도로 무섭고 끔찍한 형벌과 같은 것이었다.

그리고 그제야 진짜로 김동하에게 하늘의 권능이 주어졌다는 것을 실감할 수가 있었다.

송대진은 하필이면 자신이 한서영을 보게 된 것에 대해 하늘을 원망하고 있었다.

만약 그때 우연히 주차장을 보지 않고 한서영을 보지 않았다면, 아무런 일도 없이 악몽같은 지금의 상황과 마주치지 않았을 것이라는 생각이 들었다.

그는 자신의 두 눈을 파내고 싶은 생각이 들 정도로 후회하고 있었다.

김동하가 송대진을 바라보았다.

"결정을 하였소?"

송대진이 머리를 숙였다.

"제발 용서해 주십시오. 제발……."

눈물을 흘리며 애원하는 송대진의 모습은 너무나 처절하게 보이고 있었다.

김동하가 머리를 흔들었다.

"결정을 하지 못한 모양이군요? 그럼 저의 마음대로 해도 된다는 의미로 받아들이도록 하지요."

김동하의 눈이 차갑게 반짝이고 있었다.

송대진이 이를 악물며 정신없이 고개를 끄덕였다.

"아닙니다, 아닙니다. 제가 안내하겠습니다! 끄허허허."

송대진이 어린아이처럼 울었다.

김동하가 고개를 끄덕였다.

"알겠습니다."

이내 송대진이 눈물을 흘리며 김동하와 한유진을 2층으로 안내하기 시작했다.

황실옥의 주인과 직원들은 2층의 매실에서 회식 중이던 뉴월드파의 조직원들이 1층으로 내려와, 너무나 잘 어울리는 젊은 남녀가 식사를 하기 위해 안내되었던 구석자리를 찾아가는 것을 보며 두려움에 떨면서 아예 접근도 하지 못했다.

2층에서 내려올 때의 기세등등했던 모습으로 보아 어쩌면 가게가 난장판이 될 것처럼 폭력사태가 벌어질지도 몰라 전전긍긍하고 있었던 참이었다.

하지만 의외로 약간의 소란만 벌어진 이후 젊은 남녀와 뉴월드파의 부두목만이 걸어 나와 다시 2층으로 올라가는 것을 보며 머리를 갸웃했다.

뉴월드 조직의 부두목의 얼굴은 내려올 때의 모습과는 전혀 다른 모습으로 바뀌어 있었다.

젊은 남녀와 함께 2층으로 올라가는 뉴월드조직의 부두목의 얼굴은 마치 지옥으로 이끌려 가는 사람처럼 보이고 있었다.

황실옥의 주인이 힐끗 2층의 상황을 살피다가 종업원에게 나직하게 속삭이듯 말했다.

"가서 다시 주문 받아 와."

주인의 말에 종업원이 울상을 지었다.

"아까 그 젊은 사람들이 다시 안 내려올까요?"

주인이 한숨을 쉬듯 힘이 빠진 목소리로 말했다.

"아마 그 사람들은 2층에서 식사를 할 것 같아."

두 젊은 남녀가 뉴월드파의 부두목과 함께 2층으로 올라갔

으니 그곳에서 식사를 하게 될 것은 불 보듯 뻔할 거라 생각한 황실옥의 주인이었다.

황실옥의 주인은 2층의 매실로 올라간 두 명의 젊은 남녀의 얼굴을 떠올리며 어쩌면 두 젊은 남녀 중 여자가 큰 곤욕을 치를 수도 있을 것이라고 생각했다.

자신이 보아도 저절로 입이 벌어질 정도로 아름다운 여자였기 때문이었다.

그렇게 아름다운 여자를 매실에서 회식을 하고 있는 양재득이 그냥 둘 리가 없다고 생각했다.

그가 알고 있는 뉴월드파의 두목인 양재득은 그야말로 여색에 환장한 최고의 악질 건달두목이었다.

황실옥의 주인이 다시 구석자리를 가리켰다.

"빨리 가 봐. 성질이 더러운 사람들이라서 늦으면 날벼락 떨어진다. 더럽고 치사해도 어쩌니? 장사는 해야지."

종업원이 시무룩한 얼굴로 대답했다.

"알겠어요."

종업원이 다시 메뉴판을 들고 구석의 테이블로 향했다.

황실옥의 주인이 1층의 테이블을 훑어보았다.

다행히 1층의 곳곳에서 식사를 하고 있는 사람들은 구석자리의 테이블에서 벌어진 일을 모르는지 조용히 식사만 하고 있을 뿐이었다.

황실옥의 주인이 중얼거렸다.

"빌어먹을… 내가 이 장사를 집어치우든지, 저 뉴월드조직이 망하든지 둘 중에 하나가 정해지면 좋겠다."

나직하게 중얼거리는 주인의 얼굴에 그늘이 드리워졌다.

그때 구석자리의 주문을 다시 받으러 갔던 종업원이 놀란 얼굴로 되돌아왔다.

주인이 그런 종업원을 바라보았다.

"뭐야? 새로 주문 안 한다고 한 거야? 아까 그 주문대로 가져가면 되는 거야?"

주인의 말에 종업원이 더듬거렸다.

"그게 아니라 그 자리에 웬 노인 세 명이 앉아 있는데요?"

"뭐?

주인의 눈이 껌벅이고 있었다.

* * *

스르르륵—

매실의 문이 열리면서 이내 송대진이 안으로 들어섰다.

상석에 앉은 양재득이 눈빛을 번득이며 송대진이 안으로 들어서는 것을 바라보았다.

"데려왔어?"

양재득의 말이 끝나기도 전에 송대진의 뒤쪽으로 너무나 아름다운 여인과 헌칠한 남자가 들어서고 있었다.

남자와 여자가 들어서는 순간, 매실에서 회식을 하던 뉴월
드파의 조직원들의 입에서 탄성이 터져 나왔다.

"와아."

"뭐야? 영화배우 아냐?"

"와! 우리나라 최고 미인이라고 하는 이진화보다 더 예쁘
네."

"기가 막히네."

"캬~ 역시 큰형님의 여자 보는 눈은 최고라니까."

뉴월드의 조직원들의 입에서 한서영의 미모에 놀라 찬탄을
터트리는 소리가 매실을 울리고 있었다.

양재득의 입가에 환한 미소가 떠올랐다가 남자의 모습을
보며 이마를 찌푸렸다.

"남자 놈은 왜 데려온 거야?"

양재득의 말에 매실로 들어선 남자가 빤히 양재득을 바라
보았다.

"그대가 서영 낭자를 데려오라고 시킨 것이오?"

말을 하는 김동하의 눈에서 파란 불길이 일어나고 있었다.

〈다음 권에 계속〉

어울림 B O O K S
신인 작가 대모집!

어울림 출판사는 무한한 상상력과 뜨거운 열정을 가진 작가 여러분을 기다리고 있습니다.

창작에 대한 열의가 위대한 작품으로 꽃피울 수 있도록 저희 어울림 출판사가 여러분의 힘이 돼 드리겠습니다.

지금 도전하십시오!

모집 분야 : 판타지, 역사, 무협, 로맨스 등

모집 대상 : 아마추어, 인터넷 작가등 열정을 가진 모든 작가

모집 기한 : 수시 모집

작품 접수 방법 : 당사 네이버 카페 또는 이메일을 이용해 주십시오.

파일 형식은 제한이 없으나 원활한 원고 검토를 위해 '.HWP' 형식으로 보내주시고, 파일에 연락처도 함께 기재해주시면 됩니다.

채택된 작품은 정식 계약을 통해 출판물로 간행됩니다.
간행된 출판물은 당사의 유통망을 이용하여 전국 서점으로 배포됩니다.
※ 문의 사항은 네이버 카페(http://cafe.naver.com/oulim0120)를 이용하시기 바랍니다.

경기도 고양시 일산동구 장항동 43-55 성우사카르타워 801호
어울림 출판사 신인 작가 담당자 앞
전화 031) 919-0122 / **E-mail** 5ullim@daum.net